国家古籍整理出版专项经费资助项目

元好问集

章培恒 安平秋 马樟根 主编

郑力民 导读

宗福邦 审阅

中华文史名著精选精译精注

·全民阅读版

凤凰出版社

图书在版编目（CIP）数据

元好问集 / 郑力民导读. -- 南京 : 凤凰出版社, 2020.8

（中华文史名著精选精译精注 : 全民阅读版 / 章培恒, 安平秋, 马樟根主编）

ISBN 978-7-5506-3157-1

Ⅰ. ①元… Ⅱ. ①郑… Ⅲ. ①古典文学－作品综合集－中国－金代 Ⅳ. ①I214.642

中国版本图书馆CIP数据核字(2020)第063228号

书　　　名	元好问集
导　　　读	郑力民
责 任 编 辑	张永堃
书 籍 设 计	徐　慧
出 版 发 行	凤凰出版社(原江苏古籍出版社) 发行部电话 025-83223462
出版社地址	南京市中央路165号，邮编：210009
出版社网址	http://www.fhcbs.com
照　　　排	凤凰零距离数字印前中心
印　　　刷	苏州市越洋印刷有限公司 苏州市吴中区南官渡路20号　邮编：215104
开　　　本	880毫米×1230毫米　1/32
印　　　张	7.625
字　　　数	157千字
版　　　次	2020年8月第1版　2020年8月第1次印刷
标 准 书 号	ISBN 978-7-5506-3157-1
定　　　价	39.00元

（本书凡印装错误可向承印厂调换，电话：0512-68180638）

丛书编委会

顾问

周林　邓广铭　白寿彝

主编

章培恒　安平秋　马樟根

编委

马樟根　平慧善　安平秋　刘烈茂
许嘉璐　李国祥　金开诚　周勋初
宗福邦　段文桂　董治安　倪其心
黄永年　章培恒　曾枣庄
（以上为常务编委）

王达津　吕绍纲　刘仁清　刘乾先
李运益　杨金鼎　曹亦冰　常绍温
裴汝诚
（以上为编委）

目录

导读 …………………………………… 1

石岭关书所见 …………………………… 1

梁园春（五首选一）……………………… 4

过晋阳故城书事 ………………………… 6

老树 …………………………………… 13

少室南原 ……………………………… 15

论诗（三十首选六）……………………… 17

秋怀 …………………………………… 26

西园 …………………………………… 28

家山归梦图（三首）……………………… 34

楚汉战处 ……………………………… 38

昆阳（二首选一）………………………… 41

野菊 …………………………………… 43

横波亭	45
山居杂诗(六首选三)	48
颍亭	51
颍亭留别	53
梁县道中	57
饮酒(五首选二)	59
后饮酒(五首选一)	62
湘夫人咏	65
西楼曲	67
别程女	70
宿菊潭	73
内乡县斋书事	76
长寿山居元夕	79
山居(二首选一)	81
张主簿草堂赋大雨	82
范宽《秦川图》	84
王右丞《雪霁捕鱼图》	90
被檄夜赴邓州幕府	92
邓州城楼	95

岐阳(三首)	98
闻钦叔在华下	106
雨后丹凤门登眺	109
怀州子城晚望少室	112
杏花杂诗(十三首选一)	115
杨柳	117
壬辰十二月车驾东狩后即事(五首选二)	119
俳体雪香亭杂咏(十五首选三)	124
癸巳四月二十九日出京	129
癸巳五月三日北渡(三首)	132
续小娘歌(十首选三)	136
十二月六日(二首选一)	140
喜李彦深过聊城	142
梦归	145
即事	147
甲午除夜	150
眼中	153
学东坡移居(八首选一)	156
泛舟大明湖	161

游黄华山	165
卫州感事（二首）	170
羊肠坂	175
出东平	177
外家南寺	179
初挈家还读书山杂诗（四首选一）	182
九日读书山用陶诗"露凄暄风息，气清天旷明" 为韵赋（十首选一）	184
读书山雪中	187
西窗	191
杏花（二首选一）	193
雁门道中书所见	196
出都（二首）	200
洛阳	205
自题《中州集》后（五首选一）	208
镇州与文举、百一饮	210
同儿辈赋未开海棠（二首）	213
客意	216
壬子寒食	218
留赠丹阳王炼师（三首选一）	220

导读

元好问是我国文学史上名冠金、元两代诗坛的一颗巨星。在辽、金、元时代传统文学受到普遍冷落和忽视的情况下,元好问以他辉煌的诗歌成就,赢得了人们一致的推崇。自金、元至今,文学评论家都把他看作是中国文学史上的"一代宗工",比之于李白、杜甫、苏轼、黄庭坚。之所以如此,最主要的,便是因为元好问的诗歌中强烈地跳动着时代的脉搏,反映了人民的呼声。

综观元好问的诗歌,我们完全可以说,是动乱的时代孕育了诗人的诗篇,而诗人的诗篇也反映了动乱的时代。

元好问,字裕之,号遗山,金章宗明昌元年(1190)出生在太原府忻州秀容县(今山西忻州)。他家是北魏鲜卑拓跋氏的后裔,是累世为宦的书香人家。诗人从小受到良好的文化教育,十四岁时,投师陵川学者郝天挺门下,学业更有长足的进步。少年时代的元好问,还曾跟随当县令的叔父元格辗转山西、山东、甘肃、陕西等地,饱览各地名山大川,增长了不少阅历见识,为以后的诗歌创作打下坚实的基础。

金朝立国之后,积极接受中原文明,注意发展社会生产,经过短短几十年,在世宗(1161—1189年在位)、章宗(1190—1208年在位)时,出现了一段时期的经济文化繁荣局面。在这太平盛世的幻象面前,统治者陶醉在歌舞升平之中,贵族子弟也完全丧失了祖、父辈打天下的雄风,一味游手好闲,骄奢逸乐。置身于这样一种享乐风气中,年轻的元好问自然也患有一般贵介公子的通病,终日结交诗朋酒友,唯以读书饮酒为乐。虽然酒酣耳热之际,他偶尔也会发一发"或当大猎燕赵间……男儿万马随抆呵"的奇想,或是唱一唱"著鞭忽记刘越石,拔剑起舞鸡鸣歌"(《并州少年行》)的高调,但无论是他的生活还是思想,都离人民和时代远而又远。如果不是时代发生了剧烈的变动,元好问大概就无声无息地淹没在这种醉生梦死的生活之中了。

从蒙古高原上刮来的一场风暴,唤醒了诗人的灵魂,激起了诗人的忧愤。金卫绍王大安三年(1211)三月,诗人二十一岁时,蒙古成吉思汗誓师南下,发动了历时二十四年的对金战争。一时间,多少繁华的城市平为废墟,多少无辜的生灵惨遭杀掠。金宣宗贞祐元年(1213)秋,蒙古军沿太行山东麓南进,连破十余州;随后又绕太行山西麓北上,直取平阳(今山西临汾)、太原(今山西太原),并于二年三月攻破了诗人的家乡忻州,纵火屠城,杀死十余万人。元好问的长兄元好古也在此时遇害。贞祐四年(1216),蒙古军再破忻州,诗人为避兵祸,举家逃亡到河南福昌三乡镇(在今河南宜阳西),以后又移居登封(今河南登封)。这场战争,给金朝人民、也给元好问带来了巨大的不幸和灾难。但是,"国家不幸诗家幸,赋到沧桑句便工"(赵翼《题遗山诗》),诗人却因这场灾难,得以在诗歌创作方面取得杰出的成就。

在战争的开始阶段,也就是诗人二十五岁至三十五岁期间,蒙古还没有伐金远图,金朝也多少保留了国势强盛的幻象。因此,诗人虽然遭受了丧亲之哀、毁家之痛,但总的说来,他对形势趋向的认识还是很幼稚的,还看不到金朝灭亡的远景,对战乱的忧愤也因而远未达到时代和社会的高度。特别是,他的殷实家财虽经兵燹,却未伤根基。早在战乱之前,诗人就预先转移、埋藏了珍宝,直到避兵河南,还用鹿车载书千余册、画百轴随行,其它随身细软可想。这就使他还有闲心、也有可能在逃到河南后,营建别业,买田昆阳(今河南叶县),依旧过他那悠游自在的生活——或结伴游山,或留连诗酒;或以琴棋书画自娱,或与达官名士联欢。这样的生活,与当时一般百姓所蒙受的痛苦实在是相去太远了。因此,诗人心中虽也时时泛起国难家仇的忧愤,但这种忧愤却又显得肤浅和狭隘,往往被花丛柳畔的豪饮轻吟所消溶。反映到诗歌创作上,便导致他作品的基调还只是个人痛苦,涉及的内容也多是个人遭遇,而很少关乎国家之变和人民苦难,如反映忻州战祸的《石岭关书所见》,对于十余万人的无辜遇害,只说是"已化虫沙休自叹"。虽也属愤激至极之语,但细细品来,却又不免令人感到,诗人的愤激恐怕主要还是因为战乱使他这幸存者"厌逢豺虎欲安逃"罢了。他虽然也表现了"青云玉立三千丈"的豪气,但很大程度上,只不过是一种贵介子弟的盲目自傲而已。与此同时,贵介子弟的习气,使他有意无意地把视线从黑暗现实移开,而去谋求"万物寄一壶"的醉乡超脱,或是去赞赏所谓的桃源风光。在《阳兴砦》一诗中,诗人在"重岗拥成城"、人们"年年避营马"的严酷环境中,去表现所谓"山川带淳朴,鸡犬见升平"的桃源境界,令人感到不协调。这一时期诗人写的不少恬淡优美的咏景小诗,也正反映了他的这一思想实际。

但是,诗人毕竟处在外患逼迫、内政腐败、天灾频仍、兵燹连年的时代,自己又流落异乡,仕途坎坷。这一切交相煎逼,使他深感世事多变、人生浮幻,从而产生了深重的苦闷。这苦闷是现实社会的产儿,是动乱时代的折射。因此,当他用诗篇来表现个人的痛苦、抒发内心的郁闷时,便也在不同程度上反映了时代和人民的共同呼声。像《永宁南原秋望》写怀念故乡:"烽火苦教乡信断,砧声偏与客心期";《秋怀》写盼望早日驱除敌寇,重返家园:"何时石岭关山路,一望家山眼暂明";《怀益之兄》写干戈满眼,连年流浪:"西楼日日西州道,欲赋穷愁竟不成",便都具有动乱时代的共性,是饱尝乱离之苦的人们的共同心声。尤其可贵的是,诗人在躲避兵燹的过程中,有机会接触到农村生活,从而写出了《驱猪行》《秋蚕》等抨击苛捐杂税、同情农民疾苦的诗篇。

金哀宗正大三年(1226)至八年(1231),也就是诗人三十七岁至四十二岁这五年间,诗人抱着经世济国的愿望,先后出任镇平(今河南镇平)、内乡(今河南内乡)、南阳(今河南南阳)县令。县令的职责,在当时来说,主要便是替朝廷催租逼赋。这件令诗人大感苦恼的差事却使他有机会进一步深入民间,亲眼看到高达平时三倍多的军租压得"民不堪命,率弃庐田,相继亡去"(《金史·食货志》),以致桑田荒废,"野无居民"。目睹此景,诗人心情沉重,忧思如焚。他为国运的衰落而忧虑,又为人民的痛苦而伤心,因此,他的诗作便不再局限于表现个人的遭遇和苦闷。在《宿菊潭》一诗中,诗人对饱受豪强欺凌、吏胥骚扰、军租重压的百姓表示了极大的同情,表达了希望百姓能够"努力逃寒饥"的心情,同时也抒发了自己作为县令的职责和作为诗人的良心之间的矛盾。《内乡县斋书事》一诗,诗人的忧国忧民之情更是跃然纸上。这里表现的"寸心牢落百忧薰",已经不是忧个人命运,而是在为无粟佐军、国运难保而忧,为民生凋敝、十室九空而忧。在这样一种广阔的视域中,诗人概括的"饥鼠绕床如欲语,惊乌啼月不堪闻"的乱世衰国意象,便很能惊人心魄、动人哀思了。

金哀宗正大八年八月,元好问从南阳任上被召为尚书都省掾,移家汴京(今河南开封)。当时,军事重镇凤翔(今陕西凤翔)已在该年春天失陷,在其它战场上金朝也节节败退;蒙古军势如破竹,由金州(今陕西安康)东下,直指汴京。正大九年(1232,也就是天兴元年)正月,蒙古军在钧州(今河南禹州)三峰山大败金兵,随即长驱直入,两度包围了汴京。诗人入京不久,便陷入绝境,过着"围城十月鬼为邻"(《喜李彦深过聊城》)的生活。到十二月,汴京粮食已尽,瘟疫流行,哀宗被迫率部分人马逃离汴京。当时任左司都事的诗人留守汴京,亲睹事态的日益恶化,意识到金朝已无法避免覆灭的命运。天兴二年(1233)春,汴京西面元帅崔立发动政变,杀死丞相完颜奴申等留守官员,向蒙古军献城投降。金宗室男女五百余人被虏至青城,全部被杀。元好问则与其他金朝官员一起,被押送到山东聊城(今山东聊城)拘管。此后,逃往归德(今河南商丘)的哀宗政权勉强支撑了几个月。天兴三年正月,蒙古和南宋联军攻破归德,哀宗自杀,金朝灭亡了。

在亡国前后的几年间,是元好问诗歌创作的黄金时代。诗人亲眼看到战争中的掠杀暴行和本国统治者的腐败无能,目睹王朝的倾覆和人民的劫难,同时自己也备尝亡国奴和阶下囚的苦况。这一切,使诗人悲痛欲绝、激愤如沸。在诗人这一时期的诗歌中,充满了强烈的爱国激情,表达了国破家亡的哀怨和对人民受难的同情。

在听到凤翔失陷、惨遭屠城的消息后,诗人非常震惊,怀着沉痛的心情写下有名的丧乱诗《岐阳》三首。诗中愤怒地谴责蒙古军的残暴无道:"偃蹇鲸鲵人海涸,分明蛇犬铁山围。"激烈地指斥这场战争:"从谁细向苍苍问,争遣蚩尤作五兵。"对于金朝统治者的防边无策、将帅误国,诗人悲慨地抨击道:"三秦形胜今古,千里传闻果是非。""三十六峰长剑在,倚天仙掌惜空闲。"对于惨遭屠杀的人民,诗人哀悼道:"岐阳西望无来信,陇水东流闻哭声。野蔓有情萦战骨,残阳何意照空城。"真是字字痛切,声泪俱下。汴京被围之后,诗人眼看哀宗出逃,亡国在即,而自己又无力回天,不由得兴亡之慨触绪纷来。他绝望地唱道:"惨澹龙蛇日斗争,干戈直欲尽生灵。""精卫有冤填瀚海,包胥无泪哭秦庭。"(《壬辰十二月车驾东狩后即事》)崔立献城后,诗人身为俘囚,满怀悲愤地回顾了金朝衰亡的全过程,抒发了自己的亡国之慨:"只知灞上真儿戏,谁谓神州遂陆沉。华表鹤来应有语,铜盘人去亦何心。"(《癸巳四月二十九日出京》)此时写下的《俳体雪香亭杂咏》十五首,哀悼金诸王、宗室的遇害,表现亡国遗臣的绝望,读来悲凉凄恻,含意深厚。在被押赴聊城的途中,诗人看到河山破碎、人民受难,又在撕心裂肺的亡国之痛中唱出了绝望的哀歌:

道旁僵卧满累囚,过去辎车似水流。
红粉哭随回鹘马,为谁一步一回头。

白骨纵横似乱麻,几年桑梓变龙沙。
只知河朔生灵尽,破屋疏烟却数家。

——《癸巳五月三日北渡》

像这类哀愤感人的诗歌,在诗人此时的作品中不在少数。

蒙古太宗七年(1235),诗人被解除了聊城拘管,移居冠氏(今山东冠县),过起了遗民生活。四年后,也就是蒙古太宗十一年(1239),诗人回到了阔别二十四年的家乡秀容读书山下。他以保存金朝国史为己任,在家中筑起"野史亭",着手编撰金代诗歌总集《中州集》和金代君臣言行录《壬辰杂编》。在以后的几年间,诗人为搜集史料、采录遗诗而往来于山西、山东、河北、河南等地。怀着对故国山河的热爱,诗人在晚年创作了许多长篇山水纪游诗,如《游黄华山》《泛舟大明湖》《涌金亭示同游诸君》等,开辟了他诗歌创作的新境界。此外,还写下了《学东坡移居》《卫州感事》《出都》《镇州与文举、百一饮》《雁门道中书所见》等抒发故国之思、反映人民疾苦的优秀诗篇。但是总的说来,随着蒙古政权巩固后对舆论控制的加强,诗人此时的作品已逐渐失去锋芒,而多有应酬、游戏之作了。

蒙古宪宗七年(1257)秋,元好问在获鹿(今河北获鹿)逝世。

元好问生前,诗歌已经享有盛誉。二十八岁时,当时的诗坛盟主赵秉文就高度评价他的诗作,认为"少陵(杜甫)以来无此作也"。

到三十岁,他的诗歌更是大行于世,以至"家按其什,人嚼其句,洋溢于里巷,吟讽于道途"。在他身后,元、明、清三代曾多次刊行他的诗集。仅在元朝的不到百年间,就先后有三种版本行世。

元好问的诗歌,以古体诗和七律诗成就最高。这些诗歌,在思想内容上具有较高的人民性和强烈的时代感,容易引起人们的共鸣。诗人在诗歌理论方面有明确的创作主张,其创作实践"专以精思锐笔,清炼而出"。所以,他的诗作"廉悍沉挚"(见赵翼《瓯北诗话》卷八),赢得了当时及后世的好评。

诗人早年避兵河南三乡,曾利用闲暇,整理前人理论遗产,写成文学批评著作《锦机》;并根据自己的心得体会,作《论诗》三十首,评论汉魏至唐宋的许多诗人和重要的诗歌流派,提出了自己的创作主张。他提倡《诗经》《离骚》以来所谓诗歌"正体"的优秀传统,尤其推崇"志深而笔长""梗概而多气"的"建安风骨",主张诗歌的华实并茂。应该说,元好问的诗歌取得超出于同时代诗人的思想艺术成就,跟他这样的诗歌主张有密切的关系。

细读诗人的诗歌,我们可以看到三个鲜明的艺术特点。

首先,是诗歌内容的真实,也就是所谓"以诚为本"。诗人在《论诗》诗中写道:

> 眼处心生句自神,暗中摸索总非真。
>
> 画图临出秦川景,亲到长安有几人。

这里,特别强调了诗歌面向现实、面向生活的必要性,认为只有"眼处",才能产生"神"的句子;只有"亲到",才能"临出"逼真的画图。而那种"暗中摸索"、"闭门"觅句的做法,是"可怜无补费精神"(《论诗》之二十九)的。元好问作诗,正是严守这"眼处心生"的原则。因此,他的诗歌,无论是抒发个人情感的《秋怀》《别程女》《壬子寒食》,还是表现人民疾苦的《续小娘歌》《癸巳五月三日北渡》《雁门道中书所见》;无论是描写山河景色的《山居杂诗》《游黄华山》《杏花》,还是反映故国沉沦的《岐阳》《卫州感事》《雨后丹凤门登眺》等等,无不写来情真意真,景真事真,伤心处催人落泪,欢快时令人开颜。

其次,是表现手法、也就是艺术形式的自然天成。诗人主张诗歌要最自然地流露和表现作者本人天然真率的思想感情,反对任何形式的矫情虚饰,因此他高度赞美"一语天然万古新,豪华落尽见真淳"(《论诗》之四)的陶渊明诗。在《继愚轩和党承旨雪诗》中,诗人更明确地提出了自己的见解:

> 愚轩具诗眼,论文贵天然。颇怪今时人,雕镌穷岁年。君看陶集中,饮酒与归田。此翁岂作诗,真写胸中天。天然对雕饰,真赝殊相悬。

这些精辟的见解,贯彻到了诗人的创作中,他的不少好诗,便都是妙语天成的。例如:

> 寒波淡淡起,白鸟悠悠下。
>
> ——《颍亭留别》

恨我不如南去雁,羡君独是北归人。

——《喜李彦深过聊城》

只知终老归唐土,忽漫相看是楚囚。

——《镇州与文举、百一饮》

都是"天然去雕饰",晓畅如散文,而细味起来,又觉意蕴深厚,形式完美。难怪前人要说遗山诗"有不求工而自工者"(赵翼《瓯北诗话》卷八)了。

需要强调的一点是,诗人的妙语天成,是以他的"出苦心"千锤百炼为基础的。诗人在主张自然天成的同时,又坚持"悲吟累日,反复改定"的严肃创作态度,要求"死生于诗",就是用整个生命去追求诗的至高至美的艺术境界。他认为,只有反复锤炼、反复雕琢,才能"豪华落尽",不露痕迹地表现"天然""真淳"之情。诗人是这么说的,也是这么做的。例如《被檄夜赴邓州幕府》:"未能免俗私自笑,岂不怀归官有程。"二句套用熟语,乍看来不似对句,纯系散文,其实则字字精切,极见诗人的锤炼之功。

第三,是诗歌风格的豪壮慷慨。诗人本是北魏鲜卑族的后裔,身体里奔流着北方游牧民族的豪放热血;又生长北国,久受幽并地区尚武传统的熏陶,因此,"其天禀本多豪健英杰之气"(赵翼《瓯北诗话》卷八)。尤其是诗人遭逢乱世,饱经忧患,很自然地激起他心中悲伤怨愤、慷慨激昂的不平之气。反映到诗歌创作上,便形成了以"气"胜的豪壮慷慨的艺术风格。例如：

> 万里风涛接瀛海，千年豪杰壮山丘。
>
> ——《横波亭》

> 春风碧水双鸥静，落日青山万马来。
>
> ——《颍亭》

> 万里风云开伟观，百年毛发凛余威。
>
> ——《张主簿草堂赋大雨》

真是气势磅礴，撼人心魄。即便是那些表现亡国之痛、沧桑之慨的悲凉诗篇中，也在在透出这种笔力刚健、慷慨多气的特点。试看《岐阳》：

> 野蔓有情萦战骨，残阳何意照空城。
> 从谁细向苍苍问，争遣蚩尤作五兵。

连用两问句，笔锋直指"苍苍"，把那盈溢胸中的悲愤喷泻而出，真是痛快淋漓，豪气凌云。

　　元好问诗的这种豪壮慷慨风格的形成，除了时、地的关系外，还有它的艺术渊源。诗人早年力学苏轼诗，在自己的创作中吸取了苏诗"翕张开阖，千变万态"的优点。特别是他的七言古诗，神来气往，肆意挥洒，其豪健之处甚至超过苏轼。中年以后，诗人身遭国难，深感于故国丘墟，生灵涂炭，于是进而师法杜甫慷慨苍凉、沉郁顿挫的诗风，在七律方面所得成就尤高。如本书所选《雨后丹凤门登眺》《眼中》《出都》《岐阳》《壬辰十二月车驾东狩后即事》等，都写得沉痛入骨，语言风格酷似杜甫忧乱伤时之作。前人赞元好问的诗歌"沉痛激烈，神似杜公，千载以来不可再得"（高步瀛《唐宋诗举要》卷六引吴汝纶语），认为他的古体诗，"虽苏（轼）、陆（游）亦不及也"（赵翼《瓯北诗话》卷八），是完全有根据的。

　　元好问知识渊博，著述甚丰，共有历史、笔记、医学、历算、文学等著作十八种。本书所选偏重于作者擅长的七言诗，加以注释和翻译。

　　本书的选目、校勘和注释，主要是吸取了陈永正（沚斋）先生《元好问诗选》中的研究成果。又蒙陈先生审阅了全稿，并提出宝贵的修改意见，谨在此表示深切的谢意。同时参阅的其它书籍主要有贺新辉先生辑注的《元好问诗词集》，山西省古典文学学会、元好问研究会所编《元好问研究文集》，并吸收了其中的一些观点，也谨在此一并致谢。

郑力民（中山大学）

石岭关书所见

　　石岭关,位于太原北一百里,地当忻州至太原之间,形势险峻,关隘雄峙。金宣宗贞祐二年(1214)三月,诗人因故乡忻州(今山西忻州)被蒙古军攻陷,逃难阳曲(今山西阳曲),途经此关时作本诗以记所见。在诗中,诗人以沉重悲愤的笔触,记述了家乡人民饱遭兵燹,颠沛流离。同时,也抒发了一种立志戍守河山的雄豪气概。

轧轧旃车转石槽①,故关犹复戍弓刀②。
连营突骑红尘暗③,微服行人细路高④。
已化虫沙休自叹⑤,厌逢豺虎欲安逃⑥。
青云玉立三千丈⑦,元只东山意气豪⑧。

①旃(zhān)车:即毡车。车厢四周围着毡子以挡寒气的一种车子。旃,通"毡"。石槽:石岭关地势,两侧为高峻的石山,中间是一槽状通道,因此说是"石槽"。　②故关:古老的关隘,指石岭关。犹复:还是。戍弓刀:即戍于弓刀,意思是被手执兵器的士卒守卫着。弓刀,泛指兵器。　③突骑:精锐骁勇,可用来突击敌军的骑兵。突,急速地向前冲。　④微服:为隐蔽身份而改穿平民的服装。　⑤虫

沙:据《抱朴子》等书说,周穆王南征时,三军都化为异物,君子变成了猿或鹤,小人则变成了虫或沙。后人因此便以"虫沙"或"猿鹤虫沙"借指战死的将士或因战乱而死的平民。　⑥厌逢豺虎:意思是饱遭如狼似虎的蒙古军的蹂躏驱赶。厌,饱,够,在这里有"(经受了)很多"的意思。安逃:逃往哪里。安,疑问代词,意为"哪里"。　⑦青云:指高空。玉立:喻姿态的修美。　⑧元:通"原"。东山:指系舟山脉的神山。因在忻州东边,故称为东山。

翻译

毡车沉重地"轧轧"作响,
艰难地转过隘口的石槽;
古关隘依然是巍巍雄峙,
戍卒们默默地手执弓刀。
山下,
一队队虏骑狼突豕奔,
满眼帘红尘地暗天昏;
山上,
便服的行人仓惶逃难,
急匆匆哪顾路小山高。
已死于战火的人们呵,
又何须自嗟自叹;
饱遭着豺虎的蹂躏呵,

我该向何处奔逃？
如今，
挺立在青碧的云霄，
仍有那三千丈峻岭；
本只有巍巍的东山，
永远是意气雄豪！

石岭关书所见

梁园春（五首选一）

本诗作者自注："车驾迁汴京后作。"蒙古太祖成吉思汗于金卫绍王大安三年（1211）二月开始发动对金战争。长期过着游手好闲生活的女真贵族已经失去了当年的战斗力。金兵军纪废弛，士气低落，在蒙古铁骑的进攻下节节败退，土崩瓦解。宣宗贞祐元年（1213）秋，蒙古军分三路大举南下，围攻金朝中都燕京（今北京）。刚刚即位的金宣宗被迫遣使求和，接受了蒙古提出的极其苛刻的条件，送出大量的奴隶和财物。蒙古退兵之后，宣宗便决定南逃，以避蒙古兵锋。贞祐二年五月，宣宗放弃中都，南迁汴京。这一来，蒙古军在北方更加猖獗，于次年五月便攻陷中都。金国从此一蹶不振。元好问极感迁都的失计，却又无能为力。在无可奈何之中，他写下《梁园春》五首，表面是极力铺陈今日汴京的美景，内心深处却满含着对于中都，尤其是中都所代表的金国鼎盛时期的深刻怀念。这里选的第五首，含蓄地抨击了金朝统治者耽于逸乐，曲折地表现了恢复旧业的愿望。

双凤箫声隔彩霞，宫莺催赏玉溪花①。
谁怜丽泽门边柳，瘦倚东风望翠华②。

①玉溪：诗人原有自注云："龙德宫有玉溪馆。丽泽，燕都西门名。"
②翠华：天子仪仗中的一种旌旗，旗上饰有青绿色的羽毛，常用来指代天子。

翻译

凤凰飞来，箫声远至，
隔着那片片绚丽的彩霞；
宫中的莺鸟声声歌唱，
催人去观赏玉溪馆的春花。
有谁去怜惜呵，
燕都丽泽门边轻摇的杨柳；
正形容憔悴呵，
斜倚东风翘望着天子的翠华。

梁园春（五首选一）

过晋阳故城书事

晋阳故城在今山西太原晋源区,原为周成王的弟弟唐叔虞的封地。春秋时,这里就已成为防备北方戎狄入侵的军事重镇。隋末,唐高祖李渊由这里起兵,克关中,定天下,建立了唐朝,定晋阳为北都。五代时,后唐、后晋、后汉、北汉等王朝,也都是首先在这里兴起。宋朝建国之后,宋太祖赵匡胤曾先后三次围攻当时北汉的都城晋阳,但都因城池坚固、守军顽强而屡攻不下。宋太平兴国四年(979),宋太宗赵匡义再次率兵亲征,才最终拿下了晋阳,平定了北汉。此后,赵匡义认为这里是王霸创业的根基之地,对宋朝的国运大有不利,便焚毁了晋阳,并强制移民于河南洛阳等地,以防人们利用这"创伯(霸)之府"来推翻宋朝的统治。太平兴国七年,宋人在晋阳故城东北另筑新城,就是今天的太原市。大约在金宣宗贞祐三年(1215),元好问过访晋阳故城,只见颓垣断壁,满目荒烟。感慨之余,他写下了这首诗歌,无情地鞭挞了北宋统治者毁灭晋阳的残暴行径,辛辣地讽刺了他们迷信风水、自毁屏障的愚蠢,同时,也抒发了对于"中原北门"晋阳被毁的深切惋惜。

惠远祠前晋溪水①,翠叶银花清见底②。水上西山如卧屏③,郁郁苍苍三百里。中原北门形势雄④,想见城阙云烟中。望川亭上阅今古⑤,但有麦浪摇春风⑥。君不见系舟山头龙角秃⑦,白塔一摧城覆没⑧。薛王出降民不降⑨,屋瓦乱飞如箭镞。汾流决入大夏门⑩,府治移著唐明村⑪。只从巨屏失光彩,河洛几度风烟昏⑫。东阙苍龙西玉虎,金雀觚棱上云雨⑬。不论民居与官府,仙佛所庐余百所⑭,鬼役天财千万古⑮,争教一炬成焦土⑯。至今父老哭向天,死恨河南往来苦⑰。南人鬼巫好禨祥⑱,万夫畚锸开连冈⑲。官街十字改丁字⑳,钉破并州渠亦亡㉑。几时却到承平了㉒,重看官家筑晋阳㉓。

①惠远祠:就是晋祠,位于太原西南的悬瓮山麓,是祭祀西周唐叔虞的祠宇。晋溪:就是晋水,发源于悬瓮山,注入汾河。 ②银花:这里指白色的水草花。 ③西山:指太原盆地西部的悬瓮山脉。 ④中原北门:晋阳是中原通向北方的重要途径,形势险要,历来为兵家必争之地。 ⑤望川亭:在悬瓮山顶,南北朝北齐时所建。

⑥"但有"句:意思是说昔日的城池如今都成了田野,只看到一片麦浪。寓有兴亡之慨。但,副词,只,仅。　⑦系舟山:在太原盆地北面。相传尧帝时发大水,尧帝和群臣把舟船系在这座山上,山因此而得名。龙角秃:传说太原盆地周围的山脉为一条龙脉,系舟山是龙角,悬瓮山是龙尾,晋阳因此而称为龙城,被认为是多出"真命天子"的地方。宋太宗赵匡义因而认为晋阳如果繁荣,会妨碍北宋都城汴京的兴盛,导致北宋的衰亡。为了拔除"龙角",便下令把系舟山的尖顶削平。　⑧白塔:建在晋阳城中,为晋阳的象征。　⑨薛王:指北汉主刘继元。刘的母亲先嫁薛钊,生继恩;再嫁何氏,生继元。后来继恩、继元被刘承钧收为养子,才改姓刘。元好问误认为继元的本姓为薛,因此称他为薛王。　⑩"汾流"句:宋开宝二年(969),宋太祖围攻晋阳,下令堵塞汾水和晋水,引水倒灌城中。大夏门:晋阳故城城门名。　⑪府治:府的治所,即府衙。移著:迁移,移居。著,在这里意为定居,安顿。唐明村:地名,在晋阳故城东北,据《宋史·太宗纪》记载,宋太平兴国七年(982)二月,并州衙门迁到唐明村。　⑫河洛:黄河和洛水,指中原地区,今洛阳一带。风烟昏:战尘昏暗,指金与蒙古对河洛地区的入侵。　⑬金雀:铜制的凤,为觚棱上的装饰物。觚(gū)棱:宫殿屋角的瓦脊,成方角棱瓣形。上:动词,意思是蒙上,涌上。　⑭仙佛所庐:道士与和尚居住的地方,即道观和佛寺。仙,指道士。佛,指和尚。余百所:多于一百所,等于说百余所。　⑮鬼役:鬼神所做的劳役。形容建筑物工程浩大,结构精美。天财:大自然的物产财富。　⑯"争教"句:谴责宋太宗焚烧晋阳的暴行。据《宋史纪事本末》卷十二记载说,宋太宗下令焚毁晋阳,改为平晋县,降太原府为并州,以榆次县为治所,并

强行迁徙晋阳居民。焚城时,"老幼趋城门不及,焚死者甚众"。争教:怎叫,怎让。 ⑰河南往来苦:指宋开宝九年(976)宋攻北汉后,北汉居民三四万人逃往河南之事。一说,指蒙古侵金,并州居民南迁之事。二说皆通。 ⑱南人:指宋人。元好问把宋人称为南人,一方面是因为宋在金的南方,另一方面也是因为他自以金朝为中原正统,而把宋朝比为南蛮之国。鬼巫:鬼神巫师。礼(jī)祥:关于吉凶祸福的迷信。 ⑲"万夫"句:写宋太宗重建新城之事。畚锸(běn chā):畚箕和铁锹,这里用为动词,意思是抬着畚箕,抡动铁锹。连冈:连绵的山冈。 ⑳"官街"句:北宋人为了截断所谓"龙脉",在修筑新城时把道路修成"丁"字,认为"丁"与"钉"同音,这一来就能把号称"龙城"的晋阳"钉"住,使它飞不出"龙"来。官街:官修的大街。 ㉑渠:第三人称代词,这里指北宋王朝。 ㉒却到:再到。承平:安定和平的世道。了:语气助词,表示事情的实现。 ㉓官家:官府,政府。

翻译

就在那晋祠的门前,
喧腾着潺湲的晋水;
河面上绿叶白花,
河床中水清见底。
水旁的西山横亘眼前,
就像是屏风昂然屹立;

远望去一片郁郁苍苍,
起伏中连绵三百余里。
这里是中原的北门呵,
地理的形势险峻奇雄;
可想见当年的城阙呵,
仿佛还隐现在云烟之中。
我站在高高的望川亭上,
俯览着今古的兴亡遗踪;
眼前只有那无边麦浪,
轻轻摇摆在和煦春风。
君不见,
系舟山的尖顶早已削去,
今日的"龙角"又平又秃;
晋阳的白塔一朝摧毁,
全城也跟着覆没无余。
想当年,
北汉的君王已出城投顺,
顽强的民众却死不降服;
朝着那宋军屋瓦乱飞,
就如同射出锋利的箭镞。
可叹呵,
滔滔汾水的洪流,

被决进大夏门；
堂堂太原的府治，
移驻到唐明小村。
自从这巨大的屏障，
失去了往日光彩；
已看到辽阔的河洛，
多少回烟暗尘昏。
可恨呵，
东边的苍龙宫阙，
西边的宫阙玉虎；
金雀装饰的舻棱，
全蒙上阴云惨雨。
且不说众多的民居，
也不论豪华的官府；
光是那道观佛寺，
便已有一百多所。
全都是鬼斧神工，
千万年天财积聚；
怎忍让一把火炬，
焚毁成一片焦土？
到如今，
晋阳的父老，

仍向天悲愤地哭诉；
怨透了当年，
在河南流浪的苦楚。
愚蠢的南人迷信神鬼，
专门爱讲论凶吉祸祥；
千千万民夫抬畚抢镐，
被赶着开劈连绵的山冈。
官家修筑的大街，
十字改成了丁字；
"丁"字"钉"破了并州，
北宋也跟着灭亡。
什么时候呵，
再迎来太平的世道；
再看官府呵，
重筑那壮丽的晋阳。

老树

金宣宗贞祐四年(1216),元好问为避兵燹而移居河南三乡镇(今河南宜阳西),随后便出游洛阳。恰逢蒙古兵攻破潼关,侵入河南,先向东进军至阌乡,又由嵩山小路至汝州掳掠。诗人因而辗转漂泊,于秋末在客途中写下这首小诗。诗中细致生动地描写了北国清峻的秋景,同时抒发了自己迫于战乱漂泊异乡的感慨。末句"不用苦思家"一语,以否定语来表示肯定之意,收到了更为强烈的艺术效果。

老树高留叶,　寒藤细作花①。
沙平时泊雁,　野迥已攒鸦②。
旅食秋看尽③,　行吟日又斜④。
干戈正飘忽⑤,　不用苦思家。

---

①寒藤:指深秋开花的蔓生植物。　②迥(jiǒng):遥远,这里引申为辽阔意。攒(cuán):聚集,集中。　③旅食:客居异乡的生活。　④行吟:漫步歌吟。　⑤干戈:盾和戈,古代的两种兵器。这里用来指代战争。飘忽:迅疾、轻捷的样子。

翻译

瑟缩的老树,

高高地留着残叶;

耐冷的藤萝,

细细地结着紫花。

水边的沙滩那么平坦,

时时栖息着远来的大雁;

莽苍的原野那么辽阔,

已经聚集着暗归的乌鸦。

在旅居他乡的日子,

孤寂的清秋眼看过尽;

在漫步歌吟的时候,

血红的太阳又已西斜。

战争的风云呵,

正在迅疾地席卷大地;

漂泊的人们呵,

不必苦苦地思念故家!

少室南原

少室山,为中岳嵩山的西峰,位于今河南登封北。南原,指少室山南麓的平地。元好问客居三乡时,曾游览嵩山。这首诗大概就作于这个时候。诗中描写了少室山南原的幽美景色,同时也隐隐透出诗人在这兵荒马乱之际渴望和平环境、羡慕安定幽闲生活的心情。

地僻人烟断, 山深鸟语哗。
清溪鸣石齿①, 暖日长藤芽②。
绿映高低树, 红迷远近花③。
林间见鸡犬, 直拟是仙家④。

①石齿:溪中突出的如齿状的石块。 ②长:在这里意为"使……生长"。 ③迷:迷乱,迷蒙,使分辨不清。 ④"林间"二句:暗用淮南王刘安的典故。传说西汉淮南王刘安得道成仙,他家的鸡犬舐了仙药,也一起升天而去。因此,诗人见了林中鸡犬而联想起淮南王成仙的事来。直拟,径直认作,只认作。拟,忖度,思量。

翻译

地处幽僻,人烟断绝;
荒山深邃,鸟语喧哗。
清泠的流水呵,
鸣溅在溪石的齿角;
和煦的太阳呵,
催发了藤萝的幼芽。
只见呵,
翠色欲滴,
映衬出高高低低的野树;
鲜红炫目,
迷蒙了远远近近的山花。
山林间忽然见到了鸡犬,
真以为就是神仙的住家。

论诗(三十首选六)

元好问举家流亡到河南福昌三乡镇,生活稍许安定以后,诗人便致力于诗歌理论的研究,在兴定元年(1217)写下了体现自己创作纲领的《论诗》绝句三十首。组诗对汉魏至唐宋的许多重要诗人和几个重要的诗歌流派作了较系统的评论,并提出了自己的诗歌理论,这就是发扬自建安以来的优秀文学传统,提倡天然淳真的内容、豪劲刚健的风格以及勇于创新的精神。组诗仿效杜甫的论诗绝句《戏为六绝句》,内容深入全面,对后世影响较大。

其一

汉谣魏什久纷纭①,正体无人与细论②。
谁是诗中疏凿手, 暂教泾渭各清浑③。

---

①汉谣:汉代的歌谣,主要指汉乐府诗。魏什:三国魏的诗篇,主要指以曹氏父子为代表的诗人的作品。什,同"十",以十为一个单位。《诗经》中的"雅""颂"以十篇为一卷(一什),因此称诗篇为"什"。纷纭:杂乱,乱七八糟。 ②正体:正统的诗体,指符合《诗经》和汉魏

建安诗歌创作传统的诗体。与:介词,意同"为"。 ③"谁是"二句:这是以疏理河道来比喻整理诗歌的传统,使"正体"和"伪体"区别开来。疏凿手:凿开山岭、疏通河道的能手。泾渭:流经陕西的泾水和渭水,泾水清,渭水浊。

翻译

汉朝的歌谣呵魏代的诗篇,
早已被搅得杂乱纷纭;
诗歌的正体是何模样,
已无人为它细细考论。
谁是诗界批评的巨匠呵,
就像那疏通河道的高手;
将那古往今来的诗歌呵,
像泾清渭浊一样区分出清浑。

其二

曹刘坐啸虎生风[①],四海无人角两雄[②]。
可惜并州刘越石[③],不教横槊建安中[④]。

①曹刘:曹植和刘桢。建安时期的著名诗人。曹植(192—232),字子建,曹操第三子。他的诗歌主要内容是追求政治理想,渴望建功立业,有很高的艺术成就,被钟嵘《诗品》称赞为"骨气奇高,词采华茂"。刘桢(180—217),字公干,"建安七子"之一。他的诗风格遒劲,不事雕饰,被《诗品》称誉为"真骨凌霜,高风跨俗"。后世以曹刘并称。坐啸:闲坐吟咏。虎生风:《淮南子·天文》:"虎啸而谷风至。"诗中用来比喻曹、刘诗的刚健之气。　②角两雄:与两雄相角,一决高低。角,较量。　③刘越石:西晋诗人刘琨(271—318),字越石,曾任并州刺史,抗击匈奴。他的诗忧国伤时,悲愤盈溢,表现了英雄末路、壮志难酬之慨。《诗品》称他"善为凄戾之词,自有清拔之气"。　④横槊:横持兵槊。槊,长矛。古人常用"横槊赋诗"来形容出身武将的诗人气概雄豪。唐诗人元稹说:"曹氏父子鞍马间为文,往往横槊赋诗,故其壮节,抑扬怨哀,悲离之作,尤极于古。"(见《唐故工部员外郎杜君墓系铭序》)建安:汉献帝的年号(196—219)。建安年间,出现了以"三曹"(曹操、曹丕、曹植)和"七子"(刘桢、王粲、陈琳、徐干、阮瑀、应场、孔融)为主的一批诗人。他们的诗慷慨雄健,以"风骨"著称于世,对后世影响很大。

翻译

曹植和刘桢坐地吟咏,

就像是猛虎长啸生风;

一时间四海内竟无好汉,

可以和他俩一较雌雄。

可惜了并州刘琨,

是那么豪气横溢;

却没能横槊赋诗,

活跃在建安年中。

其四①

一语天然万古新, 豪华落尽见真淳②。

南窗白日羲皇上③, 未害渊明是晋人④。

---

①本诗诗人自注:"柳子厚,晋之谢灵运;陶渊明,唐之白乐天。"柳子厚,柳宗元,字子厚,唐代著名诗人。谢灵运,南朝宋著名诗人。以山水诗著称。白乐天,白居易,字乐天,唐代著名诗人。他的诗语言平易,尤以新乐府诗成就为高。 ②豪华落尽:意思是说陶诗不滥用辞藻和典故,力求达到"平淡"的境界。 ③"南窗"句:这里是概括陶诗的语意,用来指代恬适的隐居生活。陶渊明在《与子俨等疏》

中曾描述自己的隐居生活说,五、六月时,在南窗下闲卧,凉风吹来,便觉得自己是"羲皇上人"了。羲皇,就是伏羲,传说中上古时代的君王。古人认为,伏羲以前的人生活闲适,无忧无虑。
④"未害"句:意思是陶渊明依然是一个继承了"汉魏风骨"的晋代诗人。未害,不妨害,不影响。

翻译

一句句好诗自然天成,
千万个春秋永保鲜新;
华丽的浮辞全部去尽,
现出了内心可贵的真淳。
纵然是呵,
南窗下白昼高卧,
俨然是伏羲臣民;
又何碍渊明亮节,
依旧是晋代诗人。

其五

纵横诗笔见高情, 何物能浇块垒平①。
老阮不狂谁会得②, 出门一笑大江横③。

①块垒：意为胸中积郁不平。《世说新语·任诞》称，阮籍纵酒，是因为"胸中垒块，故须酒浇之"。　②"老阮"句：阮籍生活在魏晋易代之际，朝廷上斗争激烈，政治黑暗，因而他纵酒佯狂避世，不与司马氏政权合作，作《咏怀诗》八十二首，曲折地表达自己对现实的不满和心中的苦闷。元好问清楚地看到了这一点，因此指出"老阮不狂"。会得，领会得，懂得。　③"出门"句：用黄庭坚《王充道送水仙花五十枝，欣然会心，为之作咏》诗中原句。

翻译

纵横的诗笔气势磅礴，
可见到诗人高远的豪情；
究竟是什么样的东西，
竟能把胸中的垒块一一浇平？
阮籍并不是真正的狂者，
这苦衷谁人能理解知情？
且看他出门哈哈一笑，
就见那眼前大江横陈！

其七

慷慨歌谣绝不传， 穹庐一曲本天然①。

中州万古英雄气②， 也到阴山敕勒川③。

---

①穹庐一曲：指北齐民歌《敕勒歌》。歌词是："敕勒川，阴山下，天似穹庐，笼盖四野。天苍苍，野茫茫，风吹草低见牛羊。"风格粗犷豪放，"能发自然之妙"（见《碧鸡漫志》）。穹庐，游牧民族居住的毡帐状如天穹，中间隆起而四周下垂，因此称它为穹庐。
②中州：中原地区。古代以豫州（今河南一带）为九州的中心。
③阴山：在内蒙古自治区中部。敕勒川：当是指敕勒族生活的地方。一说在今山西朔州。敕勒，部族名，又名铁勒，北朝时居于今山西北部。

翻译

慷慨激昂的游牧歌谣呵，

真可惜已经绝而不传；

毡帐中诞生的那首《敕勒歌》呵，

本就是那么纯朴自然。

古老的中原，

那万古以来的英雄豪气；

也已经传到，

这阴山脚下的敕勒川。

其十一

眼处心生句自神①，　暗中摸索总非真②。

画图临出秦川景，　亲到长安有几人③。

---

①眼处心生：意思是说眼睛触到的实境使内心的诗情被激发。②暗中摸索：意思是说没有现实生活的感受，只是凭空想象，暗中虚拟。　③"画图"二句：这里是说杜甫的诗歌像画图一样逼真地表现了"秦川景"，原因就是他有"亲到长安"的生活实践。作者以此为例，来说明作品与生活实践的关系，并慨叹许多人不明此理。临，临写，摹写。

翻译

眼触的实境激发起内心诗情，

涌来的诗句自然能入化出神；

倘若是闭门造车，暗中摸索，

终不是生活写照，景真情真。

就像是逼真画图呵,
杜甫的诗歌写出了秦川景物;
只因曾亲到长安呵,
这样的实践身历的能有几人?

论诗(三十首选六)

秋怀

　　本诗作者自注:"嵩山中作。"金宣宗兴定二年(1218),诗人从三乡镇移居登封,过上了比较安定的生活。然而,战争的形势却日趋险恶。当年九月,蒙军主帅木华黎集结大军,包围了太原,并攻破了濠垣,诗人面对破碎的山河,怀念沦陷的故乡,心中抑郁难平。在这首诗中,诗人以候虫和寒鹊自喻,抒发了流落他乡的凄凉苦闷和对于家乡的殷切怀念。

凉叶萧萧散雨声①,　虚堂淅淅掩霜清②。
黄华自与西风约③,　白发先从远客生④。
吟似候虫秋更苦⑤,　梦和寒鹊夜频惊。
何时石岭关头路,　一望家山眼暂明⑥。

---

①凉叶:在寒风中的树叶。萧萧:落叶声。散:散播,散发。雨声:指落叶声像雨声一样。　②淅淅:风声。掩霜清:即掩于霜清,意思是被清冷的秋霜遮盖着。掩,铺散,遮盖。　③黄华:指菊花。华,同"花"。　④远客:远离家乡的旅人。　⑤候虫:随季节而生或发鸣的昆虫,如秋天的蟋蟀等。黄庭坚《胡宗元诗集序》说:"候虫之声,

则末世诗人之言似之。" ⑥眼暂明:指因喜悦而眼神顿时明亮起来。暂,顿时。

翻译

一片片寒叶轻轻地飘洒,
就像是传来沙沙的雨声;
虚寂的厅堂秋风渐渐,
遍地铺盖着露冷霜清。
门外,
黄菊依旧与西风相约而至;
屋里,
白发已先为远客伴愁而生。
我好比知时应节的鸣虫,
吟唱之声逢秋更苦;
我又似孤栖寒枝的乌鹊,
怀乡之梦入夜屡惊。
石岭关头的小路呵,
何时才能够再次登临;
望一眼家乡的山水呵,
使我的双眼顿时闪耀出喜悦的光芒?

西园

本诗作者自注:"兴定庚辰八月中作。"西园,在北宋旧都汴京附近,宋徽宗时所建,为当时有名的园林。金宣宗兴定四年庚辰(1220)秋,元好问赴汴京应试落第,又恰逢金朝向蒙古求和被拒。在这多事之秋,诗人为排遣忧愁,往游西园。然而,西园内的草木亭台,却在在使诗人见而生愁,更引起诗人无限的感慨。他追忆宋徽宗耗费巨资修造园林,荒淫昏乱,以致国亡身俘的往事,联想到如今逼迫当前的大敌,日益削弱的国势,预感到金国重蹈北宋覆辙的可能,心中甚是伤感,因而提笔写下了这首诗歌。诗中总结了宋徽宗园成而国亡的深刻教训,对金国统治者走上北宋老路表示了无限的痛惜。末四句故作旷达之语,其实正表现了诗人心中怆凉已极的感情。

西园老树摇清秋,画船载酒芳华游①。 登山临水祛烦忧②,物色无端生暮愁③。 百年此地辒车发④,易水迢迢雁行没⑤。 梁门回望绣成堆⑥,满面黄沙哭燕月。 荧荧一炬殊可怜⑦,膏血再变为

灰烟⑧。富贵已经春梦后⑨,典刑犹见靖康前⑩。当时三山初奏功⑪,三山宫阙云锦重⑫。璧月琼枝春色里⑬,画栏桂树雨声中⑭。秋山秋水今犹昔,漠漠荒烟送斜日⑮。铜人携出露盘来⑯,人生无情泪沾臆⑰。丽川亭上看年芳⑱,更为清歌尽此觞。千古是非同一笑,不须作赋拟阿房⑲。

---

①画船:装饰华丽的游船。芳华:芳香的花草。华,通"花"。　②登山临水:简称登临,泛指游览。祛(qū):驱除。　③物色:风物,景色。　④百年:宋徽宗在靖康二年(1127)被虏,至作者写此诗时已近百年。毡车发:毡车启动。意思是说宋徽宗赵佶被金人俘虏,用毡车解往北方。　⑤易水:河名,发源于太行山东麓,流经今河北易县,注入南拒马河。雁行:大雁飞行时的行列。　⑥梁门:当是指汴京城门。汴京又称汴梁。绣成堆:意思是说汴京城内园林台榭密集簇拥,就像是一堆锦绣。"梁门"句,化用杜牧《过华清宫绝句》"长安回望绣成堆"句意。　⑦荧荧:火光闪烁的样子。一炬:一把火。意思是说北宋灭亡后,汴京的不少名园被焚毁。殊:实在,非常。　⑧"膏血"句:意思是说统治者利用民脂民膏修建园林,如今园林又再变而为灰烟。　⑨春梦:比喻人世的繁华如同春夜之梦般短暂易逝。　⑩典刑:同"典型",具有代表性的事物,这里指在汴京园林中具有典型特色的西园。见:想见,看出。靖康:宋钦宗赵桓的年号。　⑪三山:东海上的蓬莱、方丈、瀛洲三

神山。这里是指如三山仙境般的西园。奏功:也作奏工,本指事情办完后奏乐庆祝,后来泛称事情完成为奏功。这里是指西园工程竣工。　⑫云锦:锦绣般的云彩,指彩霞。重:重叠缭绕。　⑬璧月:像璧玉一般的圆月。琼枝:玉树的树枝。这里指西园中的树木。琼,美玉。　⑭画栏:雕画华美的栏杆。　⑮漠漠:云烟密布的样子。荒烟:荒野的云烟。　⑯"铜人"句:汉武帝为求长生,在建章宫中铸一铜人,手捧一铜制的承露盘来承取天上的"甘露",说是用甘露和玉屑服食可以长生。曹魏代汉以后,魏明帝下令把铜人和承露盘迁到魏都邺城(今河北临漳)。据说拆卸承露盘时,铜人竟然潸然泪下。古人经常借吟咏此事来寄托国家衰亡的感慨。⑰"人生"句:化用杜甫《哀江头》诗"人生有情泪沾臆"句。改杜诗"有情"为"无情",更显出亡国之悲的深重。　⑱丽川亭:在汴京。年芳:应时的花。　⑲阿房(ē páng):这里指杜牧的《阿房宫赋》。阿房宫,旧址在陕西咸阳,秦始皇所建。杜牧在赋中对秦朝的兴亡抒发了深刻的感慨。

翻译

西园的老树枝叶婆娑,
轻轻摇动在瑟瑟清秋;
华丽的游船载上美酒,
我在那花间纵意遨游。
登上那高山走近那流水,

本是想驱除重重的烦忧；
秀丽的景色扑入了眼底，
却无端生起日暮的忧愁。
百年以前呵就在这里，
北行的毡车被迫起程；
寒风中易水迢迢远去，
南飞的大雁隐没天穹。
黯然回望汴京的城廓，
园亭簇簇如锦绣成堆；
可叹呵，
皇帝被俘，
只剩黄沙满面，
泪落潸然，
正对燕地月辉。
熊熊燃烧的一把大火，
实在是烧得可悲可怜；
长期搜刮来的民膏民血，
又再一度灰飞烟灭。
昔日的富贵已经逝去，
就像是春天梦后一般；
惟有那西园景色依旧，
仍让人想见靖康之前。

当年呵,
西园就如同三山仙境,
浩大的土木刚刚完工;
宫殿矗立,
锦霞缭绕重重。
圆月如璧,玉树闪烁,
春色盎然意正浓;
华丽的栏杆边桂树挺秀,
飘摇在飒飒的雨声之中。
寒秋的山呵寒秋的水,
今天还仍旧似往时;
弥漫的荒烟袅袅腾腾,
凄凉地送走西斜的残日。
铜人被搬出建章宫里,
承露盘也已拆下迁徙;
人生即便是冷漠无情,
此时也难免泪沾胸臆。
我超然地站在丽川亭上,
细细地观赏时花的芬芳;
再一次为了清歌一曲,
痛快地干尽满溢的酒觞。
且不管千古的是是非非,

都把它轻轻地同归一笑；
又何须模仿《阿房宫赋》，
再来作杜牧的感慨文章？

家山归梦图（三首）

金宣宗兴定五年(1221)，元好问登进士第后，没选上官职，闲居汴京。每日和京中文人交游酬唱。当时，友人李平甫为他画了家乡的系舟山图，座主赵秉文、吏部尚书杨云翼以及友人刘昂霄、赵元等人，都相继为此画题诗，抒发那深沉的思乡之情。这一切，都勾起了诗人对故乡的美好回忆，触动了诗人的归思。于是，他慨然提笔写下了这三首"最见真性情"的七绝之作。

其一

别却并州已六年①， 眼中归路直于弦。
春晴门巷桑榆绿②， 犹记骑驴掠社钱③。

---

①并州：今山西一带地区。这里指作者的故乡忻州。 ②桑榆：桑树和榆树，古人常种植在住宅及村社前后，因此也常用来指代家乡。 ③社钱：古时在立春后第五个戊日祭祀土神，称为春社。祭祀时击鼓撒钱，儿童以拾钱为乐。掠：争抢。

翻译

离别那并州已有六年,
眼中的归路直如弓弦。
想当年呵,
故乡的春日晴明和暖,
门巷中桑榆竞吐绿妍;
还记得呵,
骑上那毛驴在春社撒欢,
我跟着小伙伴争抢社钱。

其二

系舟南北暮云平①, 落日滹河一线明②。
万里秋风吹布袖③, 清晖亭上倚新晴④。

---

①系舟:就是系舟山,在作者故乡忻州的东面。 ②滹(hū)河:就是滹沱河,流经系舟山北四十余里,它的支流牧马河流经忻州东南。
③布袖:布衣的袖子,也等于说"布衣",语意双关。古人称平民为布衣。元好问当时虽已中进士,但还没任官职,因此仍以布衣自居。
④清晖亭:在汴京。

翻译

仿佛看见呵,

系舟山的南北,

暮色如画,风静云平;

滹沱河两岸,

落日返照,泛起金明。

如今,

却只有万里秋风,

吹拂着布衣的长袖;

我在那清晖亭上,

倚傍着雨后的新晴。

其三

游骑北来尘满城①, 月明空照汉家营②。
卷中正有家山在, 一片伤心画不成③。

---

①游骑:指蒙古骑兵。因为其行踪飘忽不定,因而称为游骑。 ②"月明"句:实际意思是,金朝军队节节败退,只留下了一座座空营。汉家,汉朝,这里是指代金朝。 ③"一片"句:用唐代高蟾《金陵晚望》"世间无限丹青手,一片伤心画不成"句。

翻译

飘忽的虏骑自北驰来,
战争的烟尘布满高城;
皎洁的月光洒向大地,
空照着当年汉朝军营。
这一轴迷人的画卷中呵,
正有我思念的故乡;
可我这一片伤心呵,
又有谁能把它描画出来?

家山归梦图(三首)

楚汉战处

本诗作者自注:"同钦叔赋。"楚汉战处,指古广武城,旧址在今河南荥阳东北的广武山上,有东、西两城隔涧相峙,相距约二百步。秦末,汉王刘邦在此与西楚霸王项羽对垒,相持日久,几经周折,终于在荥阳一带以劣势兵力大败楚军,并最终夺得天下。金宣宗元光元年(1222)前后,元好问的友人李钦叔登览荥阳古城,作诗寄赠元好问,元好问写下这首诗答赠。诗人由古战场联想到眼前的战乱和百姓的流离失所,不由得百感交集,他熔叙事、抒情、议论为一炉,吊古伤时,感慨国事,希望有刘邦那样的英雄出来打败蒙古,挽救祖国。诗境苍凉悲慨,是一首感人之作。

虎掷龙拿不两存①,当年曾此赌乾坤②。
一时豪杰皆行阵③,万古河山自壁门④。
原野犹应厌膏血⑤,风云长遣动心魂。
成名竖子知谁谓⑥,拟唤狂生与细论⑦。

---

①虎掷龙拿:等于说虎斗龙争。掷,腾跃,跳跃。拿,搏斗,争斗。

②赌乾坤：以天地为赌注以博输赢，意思是争夺天下。乾坤，天地，这里代指国家政权。　③一时：一世，当代。行（háng）阵：军队的行列，战阵。　④壁门：原意为营门，喻江山形势险要，可以固守之处，这里是指荥阳。　⑤犹：仍、仍然。厌：厌足，满足。膏血：人的脂肪和血液。　⑥成名竖子：《晋书·阮籍传》载，阮籍曾登广武山观楚汉战处，慨叹道："时无英雄，遂使竖子成名。"竖子，对人的鄙贱称呼，略同于今天所说的"小子"。谁谓：即"谓谁"，说的是谁。　⑦狂生：指阮籍。阮籍本有济世之志，但在司马氏的黑暗统治下，害怕遭到迫害，只好缄口不言，佯狂纵酒，因此被称为"狂生"。论：分析，辩论。

翻译

如猛虎腾跃，似神龙搏争，
我恍见那两军鏖战，势不并存；
当年，
此地曾燃起漫天战火，
只为了楚与汉争夺乾坤。
一世的英雄豪杰，
尽卷入战争的行列；
永存的荥阳山河，
犹自似坚固的营门。
这辽阔的原野呵，

想来已吸足了战士的膏血；
那战争的风云呵，
令后人长久地震撼心魂！
在这里，
曾有人感慨"竖子成名"，
不知他可知道说的何人？
我真想唤起那狂诞的书生，
把这事和他细细地辩论。

昆阳（二首选一）

昆阳，战国时魏邑，后属楚，今河南叶县，因在昆水之北而得名。金哀宗元光二年（1223）间，元好问在这里买田置地，隐居读书。但他终难以忘怀沦陷的家乡，也无法漠视蔓延的战火。想到饱受蒙古军铁蹄践踏的国土，他怎么也摆脱不了心头的重压，终于拿起滞重的笔杆，写下这首诗来抒发自己的忧伤沉痛。诗中用古木、荒烟、暮鸦、高城、落日、悲笳等凄寂景物，构成一种悲怆意境，从而抒发了诗人对于国家战乱不已的形势和自己颠沛流离的生涯的深沉感慨。

其一

古木荒烟集暮鸦①，高城落日隐悲笳②。
并州倦客初投迹③，楚泽寒梅又过花④。
满眼旌旗惊世路⑤，闭门风雪羡山家⑥。
忘忧只有清樽在⑦，暂为红尘拂鬓华⑧。

---

①荒烟：荒野上的烟霭。暮鸦：傍晚时群集的乌鸦。 ②笳：即胡笳，我国古代北方民族的一种管乐器，声音悲壮激烈。 ③并州倦客：并州来的困倦客子，这里指诗人自己。诗人的家乡山西忻州古

属并州。投迹：原意是停步不前，这里意为留居下来。 ④楚泽：楚国地域的泽野，此指楚地。过花：意思是到了开花之时。 ⑤旌旗：这里指军中旗帜，代指战乱。世路：世事、世道。 ⑥山家：山居的人家。 ⑦清樽：指代清酒、美酒。樽，古代的盛酒器具。 ⑧红尘：这里指飞扬的尘土。鬓华：花白的头发。

翻译

古树笼罩在荒野的烟雾，
树梢栖集着晚归的乌鸦；
高城隐没在落日的暝色，
伴随着声声悲壮的胡笳。
并州的来客身心困倦，
刚刚在这里驻足安家；
楚地的腊梅不畏风雪，
劲俏的铁枝又缀繁花。
我只见满眼旌旗，战尘乱卷，
惊骇于人世艰辛，苦难生涯；
我只愿闭门自乐，一任风雪飘飘，
美煞了山中的恬适人家。
排遣这满腹的忧愁，
只剩那清酒尚在；
我且为满头的旅尘，
拂拭这霜白鬓发！

野菊

本诗作者自注:"座主闲闲公命作。"金哀宗正大元年(1224),元好问的座主、自号闲闲居士的礼部尚书赵秉文邀集元好问以及陈正叔、潘仲明、雷希颜等人雅会赋诗,吟咏野菊。这首诗就是当时所作。诗中用清新幽美的笔触,咏唱野菊无意斗艳、悄然盛开的美德,实际上也是抒发诗人自己超脱于浊尘的情怀。座主,旧时考中进士的文人对主考官的称呼。在元好问于金宣宗兴定五年(1221)考中进士以及金哀宗正大元年参加博学鸿词科考试时,赵分别为主考官和监试官,对元极为赏识,曾称元的诗是"少陵(杜甫)以来无此作也"。

柴桑人去已千年①,细菊斑斑也自圆。
共爱鲜明照秋色, 争教狼藉卧疏烟②。
荒畦断垄新霜后, 瘦蝶寒螀晚景前③。
只恐春丛笑迟暮④,题诗端为发幽妍⑤。

---

①柴桑人:指东晋诗人陶渊明。柴桑,古县名,在今江西九江西南,是陶渊明的故乡。 ②争教:怎叫,怎能让。争,同"怎"。 ③寒

蜇(jiāng):蝉的一种,又叫寒蝉、寒蜩(tiáo)。晚景:黄昏时的日影。景,通"影"。 ④春丛:春天的花丛。 ⑤端:真正,确实。发:阐发,表现。幽妍:幽深之美。

翻译

隐逸柴桑的高士,
已经离去千年;
斑斑点点的细菊,
依旧朵朵浑圆。
都爱那花色鲜明,
映照着秋天的景色;
怎忍它蕊瓣零乱,
偃卧在疏淡的野烟!
在那荒废的园畦,残断的田垄,
它盛开在初霜之后;
伴着飞舞的瘦蝶,鸣唱的寒蝉,
它怒放在夕阳之前。
我只恐春天的花丛高傲无知,
竟嗤笑野菊的姗姗迟放;
写下这咏菊的诗篇,
实是为抒发它清幽的娇妍!

横波亭

本诗作者自注:"为青口帅赋。"横波亭,在今江苏连云港赣榆东南青口镇的河边。青口帅,指驻防青口的金国统帅移剌粘合。据刘祁《归潜志》称,移剌粘合"为将镇静,守边不忧",曾屡败北进的宋军。金哀宗正大二年(1225),元好问曾行走于移剌粘合幕中,对移剌粘合甚为推崇。这首诗歌借歌咏横波亭,热烈地赞颂了移剌粘合守土安民的功绩,希望移剌粘合为国效劳,收复被蒙古军侵占的西北国土。

孤亭突兀插飞流①,气压元龙百尺楼②。
万里风涛接瀛海③,千年豪杰壮山丘④。
疏星澹月鱼龙夜⑤,老木清霜鸿雁秋。
倚剑长歌一杯酒⑥,浮云西北是神州⑦。

---

①突兀:高耸特出的样子。 ②气:气势,气概。元龙:陈登字元龙,三国时名士。百尺楼:据《三国志·魏书·陈登传》记载,许汜曾在刘备面前批评陈登不懂待人接客的礼貌,并举例说,他去探访陈登时,陈登不仅很久都不跟他说一句话,而且睡觉时自己睡大床,让客

人睡下床。刘备回答说:"你一向都有国士的名声,如今天下大乱,人们都希望你忧国忘家,救治天下,而你却只知道买田买屋,说的话没有什么可供采纳的,难怪陈登不想跟你说话了。要是碰着我的话,我将会睡在百尺高的楼上,而叫你睡在地下呢!"百尺楼,本是刘备的话,后人常作为陈登事,用来表示豪放高迈的气势。 ③瀛(yíng)海:大海。青口镇地处海边,城东一里的地方就是黄海的海州湾。 ④千年豪杰:指青口帅移剌粘合。 ⑤鱼龙:凶猛的水中生物,这里指潜藏的危险。 ⑥倚剑:手拄宝剑。倚,倚持,倚拄。 ⑦浮云:这里是借来比喻蒙古侵略军。西北是神州:指代国土。本句有希望移剌粘合能够收复西北失地的含意。

翻译

孤亭傲岸地耸立河边,
似插在飞泻的滚滚水流;
磅礴的气势直冲霄汉,
压倒了陈登的百尺高楼。
高亭连接的大海呵,
浩浩茫茫,风波万里;
镇守青口的豪杰呵,
千年一遇,气壮山丘。
天幕上星光疏朗,月色昏淡,
正是那鱼龙潜隐的夜晚;

原野中老树轻摇,清霜遍地,
又到了鸿雁南飞的寒秋。
我手拄宝剑,引吭长歌,
望天举起了一杯清酒;
浮云遮蔽的西北远空下呵,
那正是我们沦陷的神州!

山居杂诗（六首选三）

本诗大约是作者中年家居登封时所作。组诗六首，用白描的笔法从不同的侧面勾勒了山间美丽的景致，写来优美如画，令人神往。

其一

瘦竹藤斜挂，幽花草乱生。
林高风有态，苔滑水无声。

翻译

瘦劲的竹子上藤萝斜挂，
幽寂的花丛中野草乱生。
林树高高地左右摇摆，
清风也似有娇态柔情；
溪石上青苔溜滑细软，
涧水流过却悄然无声。

其三

树合秋声满①,村荒暮景闲②。

虹收仍白雨③,云动忽青山。

---

①树合:形容树林茂密,好像合拢在一起。秋声:指秋天的风声、落叶声和虫鸟声等。　②闲:恬静、空寂。　③白雨:骤然而来的短时阵雨。

翻译

树林茂密,

只听见秋声弥漫;

村落荒凉,

更显得晚景幽闲。

绚烂的长虹刚刚消散,

骤然又下起急雨点点;

变幻的浮云飘飘而过,

天际已忽然露出青山。

其四

川迥枫林散， 山深竹港幽①。

疏烟沉去鸟②，落日送归牛。

①竹港：隐入竹林中的小河。港，与江河湖泊相通的小溪河。
②"疏烟"句：暗用杜牧《登乐游原》诗意："长空澹澹孤鸟没，万古销沉向此中。"

翻译

山间的溪流蜿蜒远去，
枫林的红叶散落寒秋；
连绵的青山沉寂深邃，
竹林中溪港更觉清幽。
冉冉升起的淡淡烟霭，
渐渐隐没了远去的飞鸟；
沉沉西下的一轮斜阳，
殷勤地伴送归来的耕牛。

颖亭

颖亭,在今河南登封,地处颖水上游。金哀宗正大二年(1225),元好问辞去权国史院编修的职务,返回登封,来到颖亭游览。在这首诗中,诗人抒发了自己置身于颖亭美景时的悠然自得心情。但在这战乱的年代,诗人深知眼前的平静和恬适只是暂时的现象,因而更加怀想过去的太平日子,更加留恋眼前的如画境界,不由得发出了"胜概消沉几今昔"的深痛感慨。全诗写景优美,抒情真切。三、四句更是历来传颂的名句。

颖上风烟天地回①,颖亭孤赏亦悠哉②。
春风碧水双鸥静, 落日青山万马来③。
胜概消沉几今昔④,中年登览足悲哀。
远游拟续骚人赋⑤,所惜匆匆无酒杯⑥。

①颖上:颖水之上。颖水,河名,源出嵩山西南。 ②孤赏:独自观赏。悠哉:闲适的样子。哉,语气词。 ③万马来:比喻群山起伏,如万马奔来。 ④胜概:美丽的景色。消沉:消融,隐没。今昔:现在和从前,这里用来表示岁月的流逝。 ⑤远游:在这里语意双关,

既指诗人自己的离家远走,也指屈原的《远游》。屈原作《离骚》,因此称他为骚人。　　⑥无酒杯:意为无酒助兴。

翻译

清冷的颍水飘散着风烟,
寥阔的天地默默地旋回;
我来到颍亭独自眺赏,
心情也觉得悠哉游哉。
春风吹拂着澄碧的河水,
更显出那对鸥鸟神态恬静;
落日映照着起伏的群山,
就好似万匹骏马飞奔而来。
良辰美景一幕幕烟消云散呵,
古往今来有多少沧桑迁改?
人到中年我来此登览,
更感到时光流逝令人悲哀。
远游他乡的我呵,
有心续写骚人的辞赋;
只可惜匆匆而来,
没有美酒遣兴抒怀!

颍亭留别

本诗作者自注:"同李治仁卿、张肃子敬、王元亮子正,分韵得'画'字。"金哀宗正大二年(1225),元好问由登封赴昆阳、阳翟(今河南禹州)。临行,友人在颍亭送行,元好问写下这首诗留别。诗中用清秀的笔触描写了颍亭四周的如画景色,抒发了对安定生活的渴望,同时也流露了对自己奔波于乱世的深沉感叹。诗歌写来古朴清淳而又幽深曲折,耐人寻味。"寒波淡淡起,白鸟悠悠下"一联,写景闲淡有致,深为世人所赏叹。王国维在《人间词话》中曾称许该诗句是"无我之境也",认为它是"以物观物,故不知何者为我,何者为物"。李治,字仁卿,河北真定(今河北正定栾城)人,金正大末年进士。张肃,字子敬,曾任提刑的官职。王元亮,字子正,后改名粹,平州(今河北卢龙)人,《中州集》录有他的诗作。分韵,是作诗的一种方式,就是先规定若干字为韵,作诗的人各拈一韵或数韵,然后依韵作诗。得"画"字,就是拈得"画"字,以"画"字所在的韵部作诗。

故人重分携①,临流驻归驾。
乾坤展清眺②,万景若相借③。

北风三日雪，太素秉元化④。

九山郁峥嵘⑤，了不受陵跨⑥。

寒波淡淡起⑦，白鸟悠悠下⑧。

怀归人自急⑨，物态本闲暇⑩。

壶觞负吟啸⑪，尘土足悲咤⑫。

回首亭中人⑬，平林澹如画⑭。

---

①重：珍重，珍惜。分携：分手，离别。　②清眺：意思是视野开阔，眺望时眼目清爽。　③相借：相凭借，相依靠。　④太素：古代指构成天地万物的物质，这里指大自然。秉：掌握，主持。元化：天地间万物的发展变化。　⑤九山：九座大山，指轘辕（huán yuán）山、颍谷山、告成山、少室山、大箕山、陉（xíng）山、大熊山、大茂山、具茨山。峥嵘：山势高峻的样子。　⑥了：完全。陵跨：欺侮，践踏。　⑦淡淡：水波动荡的样子。　⑧白鸟：指鸥、鹭等白羽水鸟。悠悠：悠闲自在的样子。　⑨怀：怀想，心想。　⑩物态：事物的存在形态，这里指事物的固有规律。　⑪壶觞：酒壶和酒杯，这里意为举杯饮酒。吟啸：吟诗歌啸。古人常用吟啸来表示悠然自乐的意思。　⑫尘土：路途的尘土，这里也用来指代尘世的劳碌奔波生活。悲咤（zhà）：悲凉慨叹。咤，叹息声。　⑬亭中人：指前来颍亭送行的李治、张肃、王元亮等人。　⑭平林：平原上的树林。澹：安静的样子。

翻译

老朋友珍惜这临别的时节,

到水边我停下回家的车驾。

天地清朗,

拓开我远眺的目光;

万物自然,

就像是与人亲如一家。

北风吹起,

连下了三日大雪;

造化神工,

主宰着事物变化。

九大山郁葱葱高峻峥嵘,

丝毫也不受那欺凌践踏。

颍水上清波淡淡而起,

洁白的鸥鸟悠悠而下。

想着回家的游人呵,

自然是心绪焦急;

事物固有的情态呵,

却本是悠游闲暇。

临别时举杯痛饮,

徒然地辜负吟啸之心;

前路的滚滚黄尘,
真足以让人悲慨叹咤。
回头遥看呵亭中的友人,
只见那一片平林恬澹如画。

梁县道中

梁县，在今河南临汝。元好问从登封赴昆阳，途经梁县时写下这首小诗。诗中借景抒情，表现了诗人备历艰辛、寥落失意的心境。"一枝临水卧残红"之句，正是诗人孤独无聊形象的生动写照。

青山簇簇树重重①，人在春云浩荡中②。
也是杏花无意况③，一枝临水卧残红④。

---

①簇（cù）簇：簇拥、聚集的样子。 ②浩荡：本指水势的广阔壮大，这里借用来形容云涛的汹涌翻腾。 ③意况：意趣，情绪。 ④残红：指落花。

翻译

连绵的青山团团簇拥，
茂密的树林片片相重；
我独自走在春天的路上，

就在那浩荡的云海之中。
只见那杏花了无情绪，
水畔一枝斜卧残红。

饮酒（五首选二）

本诗作者自注："襄城作。"金哀宗正大二年（1225），元好问辞去国史院职务后，回到昆阳（在今河南叶县，晋朝时属襄城郡），在新购的家居园田中过起了半隐居的生活。闲适之余，他仿照陶渊明的《饮酒二十首》，写下了《饮酒》诗五首，表达自己对世界和人生的看法。诗歌写来志趣澹远，风格古朴，有陶渊明遗意。

其一

西郊一亩宅①，闭门秋草深②。
床头有新酿，意惬成孤斟③。
举杯谢明月，蓬荜肯相临④。
愿将万古色，照我万古心⑤。

---

①一亩宅：占地仅一亩的小屋。古人常用一亩宅来比喻贫穷儒士的住房。　②秋草深：意思是无人往来，因此门前长满野草。　③意惬(qiè)：心情畅快，心满意足。　④蓬荜(bì)：蓬门荜户的简称，用草或荆条竹木编成的门户或篱笆，比喻贫寒之家。　⑤万古心：万古不变的思想精神。这里指不与世沉浮、清高自立的品操。

翻译

西郊外有我那小小陋室,
紧闭着门户秋草幽深。
床头上放着新酿美酒,
欢快时便可自饮自斟。
高举起酒杯感谢明月,
连我这茅屋也肯光临。
只愿那万古不变的皎色,
长照我这古朴淳真之心。

其二

去古日已远, 百伪无一真①。
独余醉乡地②,中有羲皇淳。
圣教难为功③,乃见酒力神④。
谁能酿沧海, 尽醉区中民⑤。

---

①"去古"二句:古代儒家认为,世道人心越来越坏;越到近代,就越是一无可取。去古,离开古代。日已远,一天比一天远。 ②醉乡地:指酒醉后自然放任的状态。唐朝王绩曾作《醉乡记》,把醉乡作

为人性自然表露的理想之地。　③圣教：古代圣贤的能使风俗淳朴的教化。难为功：难以成功，难见效果。　④酒力神：酒力的神奇。指酒的力量能使人恢复自然淳真的状态。　⑤区中：区宇中，天下。

翻译

世风离古道日益遥远，
百事虚假无一纯真。
只剩下醉乡的理想之地，
还存有伏羲时的真淳。
圣人的教化也难以见效，
这才看出了酒力的奇神。
谁能把大海都酿成美酒，
尽让那天下人烂醉沉沉？

后饮酒（五首选一）

本诗作者自注："阳翟作。"金哀宗正大二年（1225），元好问曾前往阳翟（今河南禹州），在那里写下了《后饮酒》诗五首。这五首诗歌比前作《饮酒》更为淋漓痛快，明显地表露了诗人不满现实、消极避世的思想。

其一

少日不能觞①，少许便有余。

比得酒中趣②，日与杯杓俱。

一日不自浇③，肝肺如欲枯。

当其得意时④，万物寄一壶。

作病知奈何，妾妇良区区⑤。

但愧生理废⑥，饥寒到妻孥⑦。

吾贫盖有命⑧，此酒不可无。

---

①少日：少年时，年轻时。 ②比：近来。 ③"一日"句：暗用晋阮籍"胸中垒块，故须酒浇之"的典故，含有以酒浇愁之意。 ④得意：得到意趣，这里指领悟到饮酒的旨趣。 ⑤"作病"二句：暗用

晋代刘伶的故事。据《世说新语·任诞》,刘伶好酒成癖,以至患了酒病。他的妻子哭着劝他戒酒,他便要妻子准备酒肉,说是要向鬼神立誓戒酒。妻子供上酒肉后,刘伶便跪下祝道:"天生刘伶,以酒为名,一饮一斛,五斗解酲,妇人之言,慎不可听。"祝完,又痛饮一醉。酲(chéng),酒醉后神智不清有如患病的感觉。作病,惹来疾病。区区,形容窄小的样子,这里指心眼小。 ⑥生理:生计,谋生之道。 ⑦妻孥(nú):妻子和儿女。 ⑧盖:副词,意为大概。

翻译

年轻的时候不会喝酒,
很少一点却也喝不完。
近年来悟得酒中乐趣,
天天和杯盏一起欢度。
一天不用酒浇灌自己,
肝肺便好像快要干枯。
每当那得意会心的时候,
万物都仿佛寄寓在酒壶。
就算它惹病又有什么!
妇道人确是心眼区区。
我只是惭愧于生计荒废,
让饥寒侵袭到妻子儿女。
我的贫穷呵,

后饮酒(五首选一)

或许是已有定命；
但这美酒呵，
　却不可一日或无！

湘夫人咏

湘夫人,传说是远古时尧帝的两个女儿娥皇和女英,嫁虞舜为妃。舜南巡,病卒于湖南,葬于苍梧山(又名九嶷山)。二妃思念舜帝,自投湘水而死,成为湘水之神,称湘夫人。这首诗在吟咏这一古老的题材时,融入了自己的一往深情,读来幽怨感人。

木兰芙蓉满芳洲①,白云飞来北渚游②。
千秋万岁帝乡远③,云来云去空悠悠。
秋风秋月沅江渡④,波上寒烟引轻素⑤。
九疑山高猿夜啼⑥,竹枝无声堕残露⑦。

---

①木兰:一种香草。芙蓉:即荷花。芳洲:长满芳草的沙洲。洲,水中的小块陆地。　②北渚(zhǔ):屈原《九歌·湘夫人》:"帝子降兮北渚,目眇眇兮愁予。"帝子,湘夫人原是帝尧之女,因而称为帝子。渚,水边。　③帝乡:指京城。　④沅江:又称沅水,在湖南西部,发源于贵州都匀云雾山,东北流入洞庭湖。　⑤寒烟:寒天的烟云。素:白色的生绢,这里用来形容寒烟的状貌。　⑥九疑山:又作九嶷山,就是苍梧山,在今湖南宁远南。山有九峰,形状相似,因而得名。

⑦"竹枝"句：据说舜死后，娥皇、女英泪下不已，溅到竹上化为斑纹。这便是后世所称的斑竹，又称湘妃竹。这里是暗用了这一典故。

翻译

木兰飘香，芙蓉烂漫，
密密地布满芬芳的沙洲；
湘夫人乘着洁白的云彩，
飞来那北渚任意遨游。
千秋万岁后呵，
帝都已隔得那么遥远；
云来云又去呵，
只是徒然地到处飘悠。
秋风瑟瑟，秋月溶溶，
轻轻地笼罩沅江的野渡；
江波上飘着清寒的烟云，
仿佛是曳起轻盈的白素。
巍巍九嶷山高耸入云，
猿猴在夜色中啼声悲苦；
湘妃竹枝上泪痕斑斑，
无声地落下点点残露。

西楼曲

这是一首乱离时代的爱情悲歌。在诗中,作者叙述了这样的一段故事:一位美丽的女子随着情人,双双骑马西行,进入那繁华的关中。可是,过不多久,战乱骤起,蒙古军攻占了潼关,到处烧杀掳掠。男子惨遭杀害,只剩得少妇匹马东还,悲泪如雨。诗歌娓娓叙来,缠绵悱恻,哀怨动人。

游丝落絮春漫漫①,　西楼晓晴花作团。

楼中少妇弄瑶瑟②,　一曲未终坐长叹③。

去年与郎西入关④,　春风浩荡随金鞍。

今年匹马妾东还,　零落芙蓉秋水寒。

并刀不剪东流水⑤,　湘竹年年露痕紫⑥。

海枯石烂两鸳鸯,　只合双飞便双死⑦。

重城车马红尘起⑧,　乾鹊无端为谁喜⑨。

镜中独语人不知,　欲插花枝泪如洗。

---

①游丝:蜘蛛或其它昆虫吐的丝,因为飘荡在空中,故称为游丝。落

絮:飘落的柳絮杨花。漫漫:广阔无边的样子。　②瑶瑟:用美玉装饰的瑟。　③坐:副词,表示便、就、顿时等意思。　④关:指潼关,是古代关中与中原地区间的重要关隘。　⑤并刀:古时并州出产的剪刀,以锋利著称。东流水:比喻少妇的忧愁。　⑥湘竹:就是湘妃竹,又称斑竹、泪竹,竹皮上有棕紫色斑纹。参看本书《湘夫人咏》注⑦。这里是借用湘妃竹的典故暗示少妇的丈夫客死他乡。　⑦只合:只应该。　⑧重(chóng)城:古代的大城市常有内、外两道城墙相重,因此称为重城。这里指内城。　⑨乾鹊:就是喜鹊。无端:没有缘故,没有理由。

翻译

空中飘荡着游丝柳絮,
融和的春色漫漫无边;
西楼的拂晓晴空明朗,
一丛丛鲜花成簇成团。
楼中的少妇调弄着瑶瑟,
一曲未终便凄然长叹。
遥想去年呵我伴着情郎,
雀跃着向西进入潼关;
和煦的春风浩浩荡荡,
一路伴随着华丽的马鞍。
今年却只剩单人匹马,

满怀着忧愁我黯然东还；
秋风凋落了荷花的蕊瓣，
深秋的碧水一片惨寒。
并州的剪刀锋利无比，
却剪不断好似东流水的哀愁；
湘妃竹年复一年，
溅上的泪痕点点红紫。
海枯石烂永不分离的鸳鸯，
只应是双双同飞，双双共死。
只见那城里车马欢驰，
喧嚣的红尘四处扬起；
喜鹊在树上喳喳连声，
无来由替谁这么欢喜？
我对着镜中独自诉说，
谁人能知道我的心事？
正要往头上插上花枝，
骤然间不禁悲泪如洗。

西楼曲

别程女

程女,就是嫁给程氏的女儿,指元好问的长女元真,十八岁时嫁给程思恩。大约在金哀宗正大二年(1225)秋,元好问在登封送女出嫁。临上路前一晚,诗人与家人团坐饮酒,共话别情,直至夜深人阑。富于感情的诗人想到在此丧乱之时,又将失去一点慰藉,不由得倍感凄怆。惆怅之际,他研墨挥毫,把浓重的亲子之情融成了这首小诗。全诗感情真挚,语言清朴。三、四句读来尤其令人心酸。

芸斋淅淅掩霜寒①,别酒青灯语夜阑②。
生女便知聊寄托③,中年尤觉感悲欢④。
松间小草栽培稳⑤,掌上明珠弃掷难。
明日缑山东畔路⑥,野夫怀抱若为宽⑦。

---

①芸斋:即书斋。芸,芸香。因其能辟除书籍中的蠹虫,书房中常有此物,因此古人又称书斋为芸斋。淅淅:风声。掩霜寒:掩于霜寒。
②青灯:古时点菜油灯,灯光青荧,因而得名。语夜阑:即"语于夜阑",意思是在夜深人静的时候仍在交谈。阑,残尽,将尽。　③"生

女"句:旧时认为,女儿是夫家的人,因而出嫁前不过是暂且寄托在娘家而已。　④"中年"句:据《世说新语·言语》记载,谢安告诉王羲之说,自己进入中年以后,对哀凄之事特别容易伤感,每次与亲友别离,都一连几天心里不舒服。诗人借用谢安语意,表达自己不忍与女儿分别的心情。　⑤松间小草:用来比喻女儿。栽培稳:谓女儿嫁到婆家算是安顿好了。　⑥缑山:即缑氏山,在今河南偃师南、登封东北,大概是元真出嫁所经之路。　⑦野夫:乡野之人,此诗人自谓。若为:如何,怎能。

翻译

寂静的书斋凉风淅淅,
四处铺散着秋霜的清寒;
青灯下面,
斟饮这离别苦酒,
话语缠绵,
怎顾那灯昏夜残。
生下女儿啊,
便知是在娘家暂且寄寓;
人到中年啊,
却终究更感慨离合悲欢。
你好比松间的小草,
我总算把你栽培在稳妥的地方;

别程女

你又像掌上的明珠,
我抛下你该有多么困难?
明天,
你将在缑山东畔分手上路,
叫我这山野田夫怎能心宽!

宿菊潭

菊潭,在今河南内乡西北六十里。金哀宗正大四年(1227),元好问任内乡县令,常外出视察民情,亲眼看到农民迫于租税、难以为生的悲惨处境,心里充满了替朝廷催租和为百姓解困的矛盾。就在这种县令职责和做人良心的矛盾折磨之中,诗人写下了这首诗歌,表达了对豪强横恣的憎恶和对人民疾苦的同情。诗歌写来明白如话而又情意真切,有较强的感染力。

田父立马前①,来赴长官期②。 父老且勿往③,问汝我所疑。 民事古所难,令才又非宜④。 到官已三月,惠利无毫厘。 汝乡之单贫⑤,宁为豪右欺⑥。 聚讼几何人⑦,健斗复是谁⑧。 官人一耳目,百里安能知⑨。 东州长官清⑩,白直下村稀⑪。 我虽禁吏出,将无夜叩扉⑫。 教汝子若孙⑬,努力逃寒饥⑭。 军租星火急,期会切莫违⑮。 期会不可违,鞭朴伤汝肌⑯。 伤肌尚云可,夭阏令人悲⑰。

①田父:年长的农人。　②长官:宋元时俗语称县令为长官。期:约会,约集。　③父老:对年高有德者的尊称。　④令:县令,这里是作者自称。　⑤单贫:孤寡贫穷的人。　⑥宁:反诘副词,等于说"无宁""无乃",意思是"莫不是""岂不是"。豪右:豪强贵族。古时以右为上位,贵族居住在闾阎的右边,因而称为右族。　⑦聚讼:众人在一起争论不休。　⑧健斗:喜欢打架,这里指经常打架的人。⑨百里:指县境之内。古时一个县的地盘约方圆百里,因此以百里为县的代称。　⑩东州:这里指内乡东边的州县,当是指南阳。⑪白直:原是泛指官府中定员之外的差役,这里是指当班的差役。⑫将无:岂无,难道没有。　⑬若:连词,相当于现代汉语的"或""和"。　⑭逃:避开,摆脱。　⑮星火:流星,比喻急迫。期会:期限。　⑯鞭朴:皮鞭和荆条,两种刑具。这里用为动词,意为用皮鞭和荆条抽打。　⑰夭阏(yāo è):在这里意为摧残,折磨。

翻译

老农夫站立在我的马前,
都是来赶赴县令的约集。
请父老暂且不要散去,
问你们一些我的难疑。
理政本是古来的难题,
我的才能又与这不太适宜。

自上任到如今已有三月,
恩与惠却没施一毫一厘。
你们乡那些孤寡贫民,
是否被豪强践踏凌欺?
聚众争吵的是哪几个?
喜欢斗殴的又知是谁?
当官的只有一对耳目,
百里内事情哪能尽知?
东边的州县长官清廉,
衙门的差役少扰乡里。
我虽曾禁止小吏们随意外出,
岂没有差役乘夜去叩打你们的门扉?
请认真地教导你们的子孙,
努力地劳动摆脱寒饥。
军租像流星那样急迫,
纳税的日子切莫误期。
纳税的期限不可违误,
鞭抽棒打的刑罚啊,
恐怕会伤害你们的肤肌。
伤害了肤肌还不算什么,
折磨农人啊才让我伤悲!

内乡县斋书事

这首诗作于金哀宗正大四年(1227)。当时,金国由于对蒙古作战,军费开支庞大,百姓负担的租税竟达平时的三倍多。身为县令的诗人既不忍向衣食无着的百姓催科,又深为无粟佐军、军无储粮而忧虑。这首诗正是抒发了这样的一种矛盾和痛苦。诗中五、六句概括的两个与催科、佐军表面无关、内在相连的意象,读来沉郁惊心。末两句在怨愤凄苦的抒情高潮处,突然凝绝,以静思收拢,引入远祖元结的诗典,抒发自己不忍催科而又归隐"未得"的矛盾,更令人觉得诗肠九曲,凄哀动人。

吏散公庭夜已分①,寸心牢落百忧薰②。
催科无政堪书考③,出粟何人与佐军④。
饥鼠绕床如欲语, 惊乌啼月不堪闻。
扁舟未得沧浪去, 惭愧春陵老使君⑤。

---

①公庭:就是公堂,官府办公的地方。 ②寸心:心位于胸中方寸之地,因此称为寸心。牢落:孤寂、无所寄托。 ③催科:就是催逼租税。无政:没有什么政绩。考:考词,就是考核官吏所下的评语。

④与：介词，义同"为"。　⑤春陵老使君：指诗人远祖元结。元结，字次山，唐代宗广德元年（763），官道州（今湖南道县）刺史。"到官未五十日"，上司发来的征调文书就多达二百余封。元结有感于征敛之苦，先后作《春陵行》《贼退示官吏》二诗，反映百姓疾苦，并直言指斥官府催租逼税，比"山贼"更残酷。沧浪，就是汉水。古人多以"沧浪"喻隐居之地。春陵，古地名，治所在今湖南宁远西北。道州即为春陵故地。使君，古时对州府长官的称呼。这里指元结。作者原有自注云："远祖次山《春陵引》云：'思欲委符节，引竿自刺船。'故子美有'兴含沧浪清'之句。""思欲"二句原出《贼退示官吏》诗。这里是元好问误记。委符节，丢下符节，意思是弃官不做。委，委弃，丢弃。符节，朝廷授权做地方官员的凭信。刺船，撑船，这里用来指代隐逸山水。

翻译

待群吏从公堂渐渐散去，
静悄悄已到那半夜时分；
孤寂的寸心无所托寄，
百种的忧愁如火蒸薰。
催讨赋税没有政绩，
我无法经受官府考核的条文；
只因为谁还拿得出粟米，
来帮助缺粮的官军？

饥饿的老鼠围绕床脚,
叫吱吱就像要诉说酸辛;
惊惶的乌雀啼噪月下,
悲切切真令人不堪听闻。
扁舟一叶啊,
我没能顺沧浪飘浮远去;
深深愧对啊,
我家舂陵老使君。

长寿山居元夕

长寿山居,为元好问在河南内乡白鹿原东崦(yān)修建的书斋。金哀宗正大五年(1228),诗人在这里寂寞地度过元宵佳节。在积雪的荒村中,在昏黄的油灯下,诗人的心头涌上了三十九年来的往事今情。目睹在蒙古军残暴侵凌下的金国正迅速走向衰亡,无能为力的诗人只能在黄昏独自悲伤。元夕,就是元宵,农历正月十五日。

微茫灯火共荒村①,黄叶漫山雪拥门。
三十九年何限事②,只留孤影伴黄昏。

---

①微茫:隐约,模糊。 ②三十九年:元好问生于金章宗明昌元年(1190),至正大五年(1228),已度过三十九个年头。

翻译

隐约的灯火闪烁昏黄,
寂寞地陪同荒凉的山村;

枯黄的树叶落满了山岭,
厚厚的积雪拥塞着柴门。
三十九年的人生啊,
经历了无限世事;
只留下孤独的身影啊,
相伴我度过黄昏。

山居（二首选一）

本诗大约作于正大年间在河南内乡县任上时。诗中描写了山间景色，诗境清新幽美。

其一

斜阳高树挂晴虹， 肃肃微凉雨气中①。
一道鹭鸶花不断②， 蜜香吹满马头风。

---

①肃肃：萧瑟清冷的样子。　②鹭鸶（lù sī）花：就是鹭鸶菊，花如茸毛，纯白色，中心有一丛簇起，如鹭鸶头，因而得名。

翻译

斜阳透出了金光缕缕，
高树梢挂起雨后霓虹；
萧瑟的微风袭来凉意，
我走在湿润的雨气之中。
只见一路上，
美丽的鹭鸶花连绵不断；
甜美的香气啊，
轻轻弥漫在马头的来风。

张主簿草堂赋大雨

金哀宗正大五年(1228),元好问任河南内乡县令时,曾在该县张主簿家中偶遇暴雨。兴之所至,挥洒成诗。在诗中,诗人带着奔腾的燕赵豪气,把自然界中常见的景色描绘得异常奇伟:青蛙的鸣噪,急飞的雨箭,遮天蔽地的水幕,腾涌万里的风云,还有瑰丽的长虹,雨后的斜日,这一切,构成了一幅气魄宏劲的美景。诗人着力去发掘自然的奥秘,把他那雄奇旷荡的胸怀尽情地表现在诗中,使我们感到他就是真正的"自然之子"。主簿,官名,在县中掌管文书,办理事务。

淅树蛙鸣告雨期[①],忽惊银箭四山飞[②]。
长江大浪欲横溃[③],厚地高天如合围。
万里风云开伟观[④],百年毛发凛余威[⑤]。
长虹一出林光动[⑥],寂历村墟空落晖[⑦]。

[①]淅树:被风吹得叶子沙沙作响的树木。蛙鸣:天将下雨时,青蛙常叫得特别起劲,因此人们可据此预知下雨。 [②]银箭:形容雨点急骤,望去像银白色的飞箭。 [③]横溃:凶暴地冲溃(堤坝)。横,粗

暴,不由正道。　④伟观:宏伟的景象。　⑤百年:代指人生,也是指久经忧患的诗人自己。凛余威:即凛于余威。意思是在暴雨的余威中战栗。凛,畏惧,害怕。　⑥林光:闪烁在树林绿叶间的光华。⑦寂历:寂静、空旷。

翻译

疾风叩打着沙沙树叶,
蛙噪预告着大雨临期;
猛然间惊见雨如银箭,
向着那四山急泻疾飞。
绵长江河的滔天大浪呵,
凶横地想要冲决坝堤;
厚重的大地高远的天空,
像是把世界紧紧包围。
腾涌万里的风云呵,
向人展开了宏伟的景象;
饱经忧患的诗人呵,
毛发战栗因暴雨的余威。
长虹一挂在清朗的天际,
流溢的林光便闪动不已;
在寂静空旷的村庄内外,
空剩下一片落日的余辉。

范宽《秦川图》

本诗作者自注:"张伯玉殁后,同麻征君知几赋。"本诗作于金哀宗正大六年(1229)。范宽,北宋有名的山水画家,陕西华原(今陕西铜川耀州区)人。本名中正,字仲立,因性情豁达,心胸开阔,因此人们都叫他范宽。他初随李成、荆浩学画,后来认为,"师人不如师造化",于是"游秦中,遍秦奇胜",最后迁居终南太华山地区,潜心观察自然,对景写生,创意自我,终于自成一家,与李成、关仝齐名,并为北宋山水画三大流派的代表人物之一。他所作的《秦川图》,原藏张珏(字伯玉)家。张珏去世后,他的儿子请元好问为该画题诗。诗人睹奇画而思奇人,于是挥洒大笔,一气呵成此诗。诗中形象地描绘了秦川的雄奇山势和淳古气象,抒发了诗人胸中勃郁的壮气,读来颇觉淋漓痛快。麻知几,名九畴,莫州(治所在今河北任丘)人,能诗,正大三年进士及第,官至应奉翰林文字。征君,曾被朝廷征聘的隐者。

乱山如马争欲前,细路起伏蛇蜿蜒。 秦川之图范宽笔①,来从米家书画船②。 变化开阖天机全③,浓澹覆露清而妍④。 云兴霞蔚几千里⑤,著

我如在峨眉巅⑥。 西山盘盘天与连⑦,九点尽得齐州烟⑧。 浮云未清白日晚⑨,矫首四顾心茫然⑩。 全秦天地一大物⑪,雷雨㶏洞龙头轩⑫。 因山分势合水力⑬,眼底廓廓无齐燕⑭。 我知宽也不办此,渠宁有笔如修椽⑮。 紫髯落落西溪君⑯,长剑倚天冠切云⑰,望之见之不可亲⑱。 元龙未除湖海气⑲,李白岂是蓬蒿人⑳。 爱君恨不识君早,乃今得子胸中秦㉑。 作诗一笑君应闻。

---

①秦川:古地区名,即今陕西、甘肃秦岭以北的平原地带,为陕西的粮仓。秦川图:作者自注云:"予七年前过鄞城,伯玉知予来,而都无宾主意;予亦偃蹇而去。尔后虽愿交而髯殁矣,未尝不以为恨也。今日子思兄弟出此图,求予赋诗,酒恶无聊中,勉为赋此。画本米元章家物,有韩子苍题名。元章以为中立,元晖以为中正。以予观之,此特张髯胸中物耳。知者当不以吾言为过云。"偃蹇,怏怏不乐的样子。髯,指张伯玉。伯玉长有紫色络腮胡,故云。酒恶,饮酒过量而身体不适。米元章,即米芾(fú)。韩子苍,韩驹。驹字子苍,北宋人,曾任秘书省正字,因掌管皇室图书校正,故古书画中常有其题名。元晖,米芾之子米友仁,字元晖。也擅长书画,世称"小米"。范宽本名北宋末已难确知,或说叫中立,或说叫中正,故米芾父子为此产生了争论。 ②来从:来自。米家书画船:米家,指北宋画家米芾。据说,宋徽宗崇宁年间,米芾为江淮发运使,曾在船上高挂旗帜,上写

范宽《秦川图》

"米家书画船"几个大字。这一句是说范宽的《秦川图》原藏米芾家中。　③变化开阖:指画中用笔的变化多样和布局结构的彼此呼应。阖,关闭。天机:造化的机密。　④浓澹覆露:指画中墨色的浓淡变化和景物的隐显。澹,通"淡"。覆,本义为遮蔽,这里引申为隐约、隐现之意。　⑤兴:兴起,蒸腾。蔚:荟萃,弥漫,有文彩。⑥著我:把我放置在。著,放置,安排。　⑦西山:指秦川以西的山岭,如太白山等,山势都极为高峻。　⑧"九点"句:等于说"尽得齐州九点烟"。齐州,就是中州,指中国。九点烟,极写登高俯瞰时中国九州之小,就如同九个模糊的烟点。上古时代,人们把中国境内分为冀、兖(yǎn)、青、徐、扬、荆、豫、梁、雍九州,所以后来也常用"九州"来指代中国。　⑨"浮云"句:古人常用浮云比喻朝中的小人,用白日比喻君王。作者写此诗时,蒙古正准备大举侵金。所以这句在写景之中,似乎也暗含了日光昏黄、山河黯淡的感慨。　⑩矫首:抬头。矫,举起,昂起。　⑪全秦:指战国时秦国统治的整块地盘。⑫澒(hòng)洞:弥漫无际。龙头轩:意思是说神龙昂首飞翔而行雨。轩,高起,高昂。　⑬"因山"句:意思是说秦川平地是集中了渭水及泾水、洛水等河流的力量冲积而成的。因山,顺着山脉走向。分势,分别不同的地势。　⑭廓廓:广大空阔的样子。齐燕:战国时两个诸侯国。齐国在今山东一带,燕国在今河北北部及辽宁西部,都是在平原地区。　⑮渠:他。宁:岂。有笔如修椽(chuán):意思是笔力雄健。据《晋书·王珣传》记载,王珣曾梦见有人给了他一支像屋椽一样的大笔。醒来后,朝廷果然让他负责起草重要文书。后来人们便用如椽笔来形容人文章或书画好。修,长。　⑯落落:形容高超不凡的样子。西溪君:指张伯玉。　⑰冠:动词,戴(帽子)。切

元好问集

云:一种形状高耸的帽子。 ⑱"望之"句:据本诗中作者自注说,诗人在金宣宗元光二年(1223)到过河南鄢城,张伯玉知道后,没有尽地主之谊接待他,诗人当时很不满意。这里就是指此事而言。 ⑲"元龙"句:陈登,字元龙,三国时下邳人。据《三国志·魏书·陈登传》记载说,许汜曾在刘备面前批评陈登不懂礼节,怠慢客人,是"湖海之士,豪气未除"。后人便用"湖海气"来形容人意气豪放,不拘小节。这里是用陈登来比张伯玉。 ⑳"李白"句:李白曾在《南陵别儿童入京》诗中写道:"仰天大笑出门去,我辈岂是蓬蒿人。"蓬蒿人,指安于田舍、胸无大志的人。这里诗人是以李白自比。 ㉑胸中秦:指《秦川图》是张伯玉的心肝宝贝。

翻译

缭乱的群山,
如万马相争,奔腾向前;
山间的小路起伏不已,
就像是长蛇曲折蜿蜒。
这秦川的山水画卷呵,
就是那范宽的雄奇笔墨;
这秦川的写意宏图呵,
来自米家的书画之船。
画图中变化多端,开合巧妙,
天机是那么完美齐全;

范宽《秦川图》

墨色里或浓或淡,或隐或露,
都显得那么清新鲜妍。
恍如那白云蒸腾,红霞荟萃,
悄悄弥漫了数千里长天;
竟使我身在画前,神游物外,
如同置身在峨眉山巅。
巍巍的西山盘旋直上,
青天也仿佛与它相连;
尽把那九州收入眼底,
不过是九点模糊的轻烟。
浮云未清呵夕阳已晚,
我举头四望心中茫然。
全秦的天地浩无涯际,
仿佛是一个巨大的物体;
雷雨弥漫在广阔的空间,
行雨的龙头高高抬起。
顺着那山脉呵分别那地势,
汇聚了水力呵造就这平川;
眼中的原野那么辽阔,
真让人无视富齐强燕。
我知道范宽呵,
画不出这样的奇画;

他哪有大笔呵,
能如那修长的屋椽?
紫髯飘飘,高超脱俗,
这就是潇洒的西溪张君;
手持的长剑斜倚天外,
头戴的高冠名叫切云;
我远望近观呵,
都无法跟他心意相亲。
虽然说,
他是陈登,未除去湖海的豪气;
可知否,
我也是李白,并非山野的俗人?
我景仰你呵,
却遗憾没能与你早早地结识;
到如今呵,
才见识了你那胸中之"秦"。
作诗一笑,
想来张君你也能听闻。

范宽《秦川图》

王右丞《雪霁捕鱼图》

　　王右丞,就是唐代著名诗人和画家王维。王维,字摩诘,唐玄宗开元九年(721)进士,官至尚书右丞,因而世称王右丞。他擅长山水诗和山水画,把诗画艺术融为一体,后人说他"诗中有画""画中有诗"。可惜他的画在唐代已不多见。至今流传的除《辋川图》摹本石刻外,只有后人摹作或托名的《雪溪图》《江山雪霁图》《江干雪意图》等。在这首诗中,元好问用细腻生动的笔触,表现了王维画中萧疏闲澹的山林逸趣,同时也抒发了自己在乱离之际渴慕闲散生活的心情。雪霁,雪后转晴。

江云滉滉阴晴半①,沙雪离离点江岸②。
画中不信有天机③,细向树林枯处看。
渔浦移家愧未能④,扁舟萧散亦何曾⑤。
白头岁月黄尘底⑥,笑杀高人王右丞。

---

①滉(huàng)滉:广阔无际的样子。　②沙雪:沙滩上的积雪。离离:形容众多、密集的样子。　③"画中"句:等于说"不信画中有天机"。天机,此指王维画中表现的清静无为的"禅理"。　④渔浦移

家:等于说"移家渔浦"。渔浦,可供打鱼的水边。 ⑤萧散:闲散洒脱,无拘无束。 ⑥黄尘:等于说红尘、尘世。

翻译

江上的轻云无际无涯,
雪后的天空阴晴各半;
沙滩上积雪密密匝匝,
凌乱地点染寂寂江岸。
若是你不信呵,
王维的画中藏蕴天机;
请细细地朝着呵,
树林的枯处体味观看。
移居那离俗的渔浦,
很惭愧我不能做到;
便是暂驾扁舟萧散心怀,
我也不曾有过!
可叹我白发老年呵,
至今还奔忙在红尘底下;
真是要笑死那位呵,
超俗的高士王右丞。

王右丞《雪霁捕鱼图》

被檄夜赴邓州幕府

金哀宗正大七年(1230),元好问因服母丧而闲居河南内乡白鹿原。接到邓州(今河南邓州)守将移剌瑗的征召文书,聘用他为幕僚。因当时正在对蒙古作战,因此军中征召迅速,诗人也不得不星夜起程。途中,他写下此诗,抒发了为国事奔忙义不容辞的责任感和对于田园生活的留恋之情。诗歌在艺术风格上受到北宋诗风的影响,显得清丽平淡。三、四句活用"未能免俗"和"岂不怀归"二熟语而自出新意,纯然是宋诗散文化的笔法,很明显是师法于江西派诗人黄庭坚,同时也表现了诗人的深厚功底。被檄(xí),接到征召的羽檄。邓州是中原南北交通要冲,南宋和金曾在此激战。

幕府文书鸟羽轻①,敝裘羸马月三更②。
未能免俗私自笑③,岂不怀归官有程④。
十里陂塘春鸭闹⑤,一川桑柘晚烟平⑥。
此生只合田间老⑦,谁遣春官识姓名⑧。

①幕府:古时军队出征,施用帐幕,因此把将帅办公的地方称为幕府。鸟羽轻:在这里一语双关,既指征召文书上插有轻细的鸟羽,也指文书传递迅速,如飞鸟展翅般轻捷。古时的军事文书,凡上插鸟羽的,表示紧急,必须迅速传送,因此称为"羽书""羽檄"。 ②表:毛皮的衣服。羸(léi):瘦弱。 ③未能免俗:据《世说新语·任诞》,古时的习俗,在七月七日晒衣,富人都在庭院中晒满了绫罗绸缎。阮咸家里贫穷,没有什么衣物可晒,便用竹竿把粗布短裤挂晒在院中,并自称是因为"未能免俗"。后来这句话成为一句常用熟语,意思是没能摆脱社会惯例,仍按习俗行事。元好问在诗中用这一熟语,大概是指他正迷沉于田园生活之时,一旦接到官府文书,便也同普通人一样,急急赴命如火,因此不禁自觉好笑,有自我嘲讽之意。 ④岂不怀归:语出《诗经·小雅·出车》:"岂不怀归,畏此简书。"怀归,想回家。简书,书信,书简。诗人用此典来表示自己留恋家园,却又迫于羽书之命的心情,非常贴切自然。程:程限,期限。 ⑤陂(bēi)塘:池塘。 ⑥桑柘(zhè):桑树和柘树。柘,就是黄桑,叶可喂蚕。在北方农村中多见。 ⑦合:应该。 ⑧春官:据叙述古代官制的《周礼》一书所说,春官是掌管国家典礼的。因此,后世便把春官作为礼部的通称。

被檄夜赴邓州幕府

翻译

　　幕府中急送来征召文书,
　　就好似飞鸟般快捷轻盈;
　　披上那破裘呵骑上那瘦马,
　　我急匆匆赶路趁着月照三更。
　　脱不了俗例呵,
　　私心里暗自好笑;
　　怎不想回家呵,
　　担心耽误赴官的期程!
　　一路上,
　　十里陂塘涟漪泛起,
　　群群春鸭嬉戏闹腾;
　　满川原,
　　棵棵桑柘遍地铺翠,
　　袅袅晚烟无风自平。
　　只应在田野呵,
　　让此生安然老去;
　　是谁叫春官呵,
　　知道了我的姓名?

邓州城楼

金哀宗正大七年(1230),元好问在邓州守帅移剌瑗幕中。诗人登上城楼远眺,禁不住感慨万千。想到国难不已,动乱正兴,而满朝将帅,竟无人能够收拾破碎的山河,心中很是悲苦,于是写下这首诗歌抒发自己忧虑国事和难酬壮志的心情。诗歌写来苍凉悲怆,一腔忧国忧民之情溢于言表。

邓州城下湍水流①,邓州城隅多古丘②。
隆中布衣不复见③,浮云西北空悠悠④。
长鲸驾空海波立⑤,老鹤叫月苍烟愁⑥。
自古江山感游子,今人谁解赋登楼⑦。

①湍(tuān)水:河流名,发源于河南内乡西北的伏牛山中,流经内乡、邓州,至新野汇入白河。 ②城隅(yú):城边,城墙角落处。隅,角落,边沿。古丘:古墓。 ③隆中布衣:指诸葛亮。隆中,山名,在今湖北襄阳西,距邓州仅百里。东汉末年,诸葛亮曾隐居在此。布衣,古代平民穿布质衣服,因此用布衣来指代平民。 ④浮云西北:这里是比喻在金国西北边境的蒙古侵略者。当时蒙古军已攻入潼关,

侵扰河南。空：只，仅剩下。悠悠：本是形容从容不迫的样子。这里似也有形容蒙古军志骄意得、目中无人的意思。 ⑤长鲸：巨大的鲸鱼。这里用来比喻蒙古军。驾空：腾驾长空。这里是比喻蒙古军的横冲直撞，气势猖獗。海波立：海浪翻卷直上。这里是比喻形势险恶，国家动乱。 ⑥苍烟：青烟。 ⑦赋登楼：写作《登楼赋》。东汉末，著名文学家王粲因战乱避难荆州时，曾登上当阳城楼，作《登楼赋》来抒发怀乡之情和壮志难酬的怆痛。

翻译

邓州城下，
是湍水急速地奔流；
邓州城边，
是众多往古的坟丘。
像当年隆中布衣似的人才，
如今已不能再见；
只有任那阴密的浮云，
在西北自在地飘悠。
庞大的鲸鱼腾驾长空，
怒海的波涛山涌壁立；
老鹳凄惶地长唳月下，
青烟中似包含着无限忧愁。
自古以来祖国的山河，

总是感触着游子的心事;
可如今的人呵有谁懂得,
像王粲那样作赋登楼?

岐阳(三首)

岐阳,又称岐州,为历来军事重镇。唐以后改置为凤翔府,治所在今陕西凤翔。元好问在这里是沿用了旧称。金哀宗正大八年(1231)正月,蒙古军围攻凤翔。金兵救援失败,凤翔遂于二月失陷。当年四月,元好问赴任南阳县令,听到这一消息,心情非常沉痛,发而为诗,凝成了这三首感愤悲慨、字字血泪的感人之作。诗歌在描写凤翔之战的惨状、抒发家国之悲的时候,把国家、人民和个人的命运联系在一起,从而产生了感天地、泣鬼神的艺术力量,成为诗人的丧乱诗中最具代表性的一组作品。

其一

突骑连营鸟不飞①,北风浩浩发阴机②。
三秦形胜无今古③,千里传闻果是非④。
偃蹇鲸鲵人海涸⑤,分明蛇犬铁山围⑥。
穷途老阮无奇策⑦,空望岐阳泪满衣。

---

①突骑:参看本书《石岭关书所见》注③。　②北风:朱熹在《诗集

传·北风》中认为,北风下雪,是比喻"国家危乱将至,而气象愁惨也"。诗人在这里也是暗用此意。浩浩:本是形容水势浩大,这里指风势的威猛。发阴机:指下雪。古人认为雪是由阴气凝聚而成,因此称雪为阴机。发,兴起,产生。 ③三秦:秦朝灭亡后,项羽把关中秦国旧地分成雍、塞、翟三国,因此后来便称关中为三秦。形胜:地理形势优越。关中地区南有秦岭,东有黄河,西有陇山,进可攻,退可守,因此古来便有控制关中即可控制天下的说法。无今古:不分今古,今古都是这样。 ④千里传闻:指凤翔陷落的消息。果:副词,究竟,到底。 ⑤"偃蹇"句:等于说"鲸鲵偃蹇人海涸"。偃蹇,原义有高耸或骄横的意思,这里引申来形容鲸鲵的巨大和横暴。鲸鲵,就是俗称的鲸鱼。古人分称雄鲸为鲸,雌鲸为鲵,并认为它们是凶猛的大鱼,因此常用来比喻凶狠残暴的人。这里指肆行杀戮的蒙古军。人海涸,这里是比喻人群被杀光,如大海干涸。 ⑥蛇犬:喻蒙古军。铁山围:指蒙古军如铁山般包围着凤翔。 ⑦穷途老阮:据《晋书·阮籍传》记载,西晋诗人阮籍经常独自驾车随意走去,不循道路,直到无法再前进时,便恸哭而回。穷途,路的尽头。老阮,指阮籍,这里是借指诗人自己。

翻译

凶猛的敌骑营寨相连,
天上的禽鸟也难偷飞;
呼号的北风席卷大地,
迷茫的天空大雪霏霏。

岐阳(三首)

号称形胜的三秦呵,

山河的险要古今未改;

千里传来的噩讯呵,

怎知道究竟是真是非!

庞大的鲸鲵是那么凶暴,

似海的人群尽被吞食;

毒蛇和恶狗是那么猖獗,

分明像铁山把孤城紧围。

就像是走到穷途的阮籍呵,

我面对国难苦无良策;

徒然怅望着失陷的岐阳,

纷飞的悲泪溅满了衣裳!

其二

百二关河草不横①,十年戎马暗秦京②。

岐阳西望无来信③,陇水东流闻哭声④。

野蔓有情萦战骨⑤,残阳何意照空城⑥。

从谁细向苍苍问⑦,争遣蚩尤作五兵⑧。

---

①百二关河:用二万兵便可抵挡敌军百万的险要地方,指关中一带

的秦国故地。《史记·高祖本纪》说,秦国是个"形胜之国",山峻河阔,地势险要,又与中原远隔千里,因此,天下诸侯的百万雄兵,"秦得百二焉"。就是说,秦国用百分之二的兵力就足以对付了。百二,指士兵的数量为对方的百分之二。关河,原指秦国东部的黄河及函谷、蒲津、龙门、合河等关隘,后也用来泛指山河。草不横:意思是野草被兵马长期践踏,不能在地上生长蔓延。横,纵横杂乱。 ②十年戎马:十年战乱。从金宣宗兴定五年(1221)蒙古军入侵陕西起,至凤翔陷落,正好是十年时间。秦京:秦国的都城咸阳,这里指金朝的京兆府长安。 ③无来信:不通音讯,没有接到来信,实际是说岐阳已经失陷了。 ④"陇水"句:古乐府《陇头歌辞》有"陇头流水,鸣声呜咽;遥望秦川,心肝断绝"之句,这里是化用这一句意。陇,今陕西西部、甘肃东部一带地区。陇水,指渭水上游,流经甘肃东部。 ⑤战骨:战死者的尸骨。这里也泛指死于战火中的人的尸骨。 ⑥何意:什么意思,为什么。 ⑦从谁:从哪里,自何处。谁,意同"何""哪"。苍苍:苍天,青天。 ⑧争遣:怎叫,为什么让。蚩(chī)尤:传说中东方九黎部落的首领。传说他从卢山得到铜铁来制造兵器,率众在涿鹿之野与黄帝大战,战败被杀。后人常用他来比喻残暴凶恶的人。作五兵:制造兵器,意思是发动战争。五兵,五种兵器,就是戈、殳、戟、酋矛、夷矛。这里是泛指一切兵器。

岐阳(三首)

翻译

号称"百二关河"的三秦呵,
如今已不见杂草纵横;
十年的战火在这里燃烧,
烽烟遮暗了旧时的秦京。
西望着岐阳呵,
全没有半点同胞的音信;
东流的陇水呵,
只听到一片惨痛的哭声!
荒野里,
缠绵的蔓草情深意厚,
悄悄萦绕着战士的尸骨;
蓝天下,
惨淡的残阳究竟为啥,
偏偏照射着死寂的空城?
我能够从什么地方呵,
向苍天细细地责问:
为何让凶残的蚩尤呵,
制造这杀人的刀兵?

其三

眈眈九虎护秦关①，懦楚孱齐机上看②。

禹贡土田推陆海③，汉家封徼尽天山④。

北风猎猎悲笳发⑤，渭水潇潇战骨寒⑥。

三十六峰长剑在⑦，倚天仙掌惜空闲⑧。

①眈眈：眼光注视的样子。九虎：指守卫边境的将军。《汉书·王莽传》说，王莽曾任命了九个将军，都以"虎"作为称号，合称为"九虎"。②懦楚：懦弱的楚国。金太宗天会五年(1127)，金人扶植北宋降臣张邦昌在河南一带建立傀儡国，国号为"楚"。孱(chán)齐：孱弱的齐国。天会八年，金人扶植北宋降臣刘豫在山东一带建立傀儡国，国号为"齐"。孱，软弱无能。机上看：看成砧板上的肉。机，古代放物的案桌，略同今天的砧板。 ③禹贡：《尚书》中的篇名。传说大禹曾踏勘全国土地，编成《禹贡》，对中原地区的山岭、河流、湖泽、土壤、物产、贡赋、交通等作了详细的记载。土田：土壤和田地。陆海：物产富饶的地方，指关中地区。《汉书·地理志》说，关中地区"号称陆海"。颜师古解释说，因为那里地势高而物产丰足，就像大海一样"无所不出"，因此称为陆海。 ④汉家：汉朝。这里指代金朝。封徼(jiào)：领土的疆界，国境。尽天山：达到天山尽头。尽，达到尽头。天山：在新疆中部。汉武帝天汉二年(前99)，汉将李广利率兵在此大败匈奴，汉朝势力从此达到天山之外。 ⑤猎猎：风声。

⑥潇潇:这里是形容不平静的样子。　⑦三十六峰:指西岳华山,据说它有三十六座山峰。华山,位于陕西华阴市,属秦岭东段,为关中地区的东边屏障。　⑧仙掌:指华山三座主峰之一的东峰朝阳峰。朝阳峰又称仙掌峰,山岩上有裂隙,下窥山势如人之五指状。惜空闲:意思是说金朝统治者没能充分利用华山天险来抵御蒙古军。

翻译

遥想当年,
九虎猛将们目光炯炯,
凛然守卫在巍巍秦关;
孱懦的齐楚何曾在眼,
直看它好似肥肉在砧!
《禹贡》记述的土田呵,
要推那"陆海"最是肥沃;
汉朝当年的边界呵,
蜿蜒着伸过遥远的天山。
慨叹今日,
猎猎的北风呼啸不已,
悲壮的胡笳随风远传;
潇潇的渭水呜咽难抚,
河边的战士尸骨正寒。
空自有华山的三十六峰呵,

仍然像长剑屹立；
只可惜倚天的雄奇仙掌呵，
只落得徒自空闲！

岐阳（三首）

闻钦叔在华下

李献能,字钦叔,山西河中府(今永济蒲州镇)人。年少时就颇有才名,贞祐年间特赐词赋进士,授官应奉翰林文字,在翰林院十年,金哀宗时历官河中帅府经历官。正大八年(1231),蒙古军攻占河中。献能逃奔华山躲避战火。这首诗大约就作于此时。诗歌写来语言谐趣,情意真挚,充分体现了朋友间的亲密无间。华下,华山下。

翰林仙人诗酒豪①,平生嵇阮参游遨②。
山中草棘满霜雪, 可惜渠家宫锦袍③。
闻君忍饥读离骚④, 思之不见心为劳⑤。
举头西望忽大笑, 太华落落长庚高⑥。

①翰林仙人:唐代大诗人李白曾供奉翰林,号谪仙人。此以李白称曾任应奉翰林文字之职的李献能。 ②嵇阮:嵇康和阮籍,三国魏著名文学家,与山涛、向秀、阮咸、王戎、刘伶相友善,常游赏在竹林之中,人称"竹林七贤"。参(sān):配合成三。这里是指李献能与嵇康、阮籍三人一起。 ③渠:第三人称代词,他。宫锦袍:指上朝时

穿的华贵的锦袍。宫锦,专为宫中特制的锦缎。　④读离骚:暗指李献能正为家国之难而忧愤。　⑤劳:忧虑,忧愁。　⑥太华:就是华山,位于陕西华阴,北临渭河平原。因为它西边有少华山,因此称为太华山。落落:高耸不凡的样子。长庚:星名,就是金星,又叫太白星。它若早晨出现在东方,就叫做启明星;若黄昏出现在西方,就叫做长庚星。

翻译

翰林院里,
那一位飘逸仙人,
赋诗饮酒,
无不是意气雄豪;
平生只与嵇康、阮籍,
三个人结伴游遨。
山中的荒草野棘,
铺满了皑皑霜雪;
可惜了他那一身,
华贵的宫锦朝袍。
听说钦叔您正忍着饥肠辘辘,
激越地诵读屈原的《离骚》;
我思念您呵却又无法相见,
心中时时在为此忧劳。

我仰面抬头向西远眺,
不由得骤然放声大笑;
只见呵,
太华山孑然耸峙,
长庚星悬得高高。

雨后丹凤门登眺

金哀宗正大八年(1231)八月,元好问应召入朝,任尚书都省掾,全家也随同迁居汴京。这时,战争形势日益恶化,蒙古军三路齐发,右翼直指金朝首都汴京。第二年正月,金兵在钧州(在今河南禹州)三峰山全军溃败,蒙古大军趁势长驱直入,于三月包围了汴京。四月,金哀宗遣使求和,这才得以解围。蒙古退兵之后,诗人趁雨后天晴,登上汴京宫城的北门丹凤门眺望四处,只见兵燹过后,满目疮痍。诗人想到国家将亡的命运,想到围城期间三女阿秀的病夭,国恨家愁一齐涌来,心中不由得哀痛欲绝,挥笔写下了这首"沉痛入骨"(吴汝纶语)的丧乱之诗。诗中用象征手法,描写了蒙古军的凶残,抒发了亡国在即的悲哀,写来苍凉沉郁,可与杜甫的丧乱诗相称。

绛阙遥天霁景开①,金明高树晚风回②。

长虹下饮海欲竭③,老雁叫群秋更哀。

劫火有时归变灭④,神嵩何计得飞来⑤。

穷途自觉无多泪, 莫傍残阳望吹台⑥。

①绛阙(jiàng què):深红色的城楼,这里指丹凤门楼。绛,深红色。阙,城楼。霁景:雨后的晴朗景色。 ②金明:即汴京宫苑中的金明池。 ③长虹下饮:既是描写雨后虹霓垂拱天际的景色,又是用来象征蒙古军的肆虐中原。古人认为虹霓是一种不祥的两头怪物,常探头到溪涧中饮水。因此,诗中用它来比喻蒙古军。 ④劫火:原指佛教中所说的世界毁灭时的大火,后来也用来指乱世的灾火。 ⑤"神嵩"句:意思是说汴京地处平原,四无屏障,因而幻想嵩山飞来护卫汴京。神嵩,即嵩山。武则天曾改中岳嵩山为神岳。 ⑥吹台:在河南祥符县东南六里,相传为春秋时音乐家师旷奏乐之台。阮籍《咏怀诗》第三十一首有"驾言发魏都,南向望吹台。……夹林非吾有,朱宫生尘埃"之句,悲叹魏亡。诗人化用阮籍诗意,感于国之将亡,发出了穷途无泪、莫望吹台的深痛感慨。

翻译

我在深红的城阙登临眺望,
雨后的远空景朗天开;
金明池畔高耸着排排绿树,
傍晚的寒风吹得它左摆右回。
长虹向两边垂头暴饮,
大海快要被一口吸干;
离群的老雁呼唤着侣伴,

在秋空更显得无限悲哀。
世界的劫火有时而至,
到时一切将归于变化毁灭;
那号称神岳的嵩山,
有什么办法能让它飞来?
我处身这亡国的穷途末路,
自觉已流不出更多泪水;
且莫再倚傍落日的余晖,
怅然地眺望旧时的吹台……

雨后丹凤门登眺

怀州子城晚望少室

怀州,在今河南沁阳市,北倚太行,南临黄河,是洛阳北面的军事重镇。金哀宗天兴元年(1232)三月,金国的中京洛阳(今河南洛阳)被蒙古军攻破,留守撒合辇兵败自杀。蒙古军退后,中京人推举强伸领兵二千五百拒守,击退了蒙古军以后的多次进攻,守住了中京。本诗大约就作于这个时候。诗中对山河失守、战乱难平的严峻形势表现了极度的悲哀和忧虑。"一片伤心画不成"句,屡见于诗人的其他诗作之中,用在这里仍然恰到好处,生动贴切地表现了诗人忧国忧民、极度伤感的心情。在艺术上,本诗善于融情于景。五、六两句写来景中有情,令人回味不已。子城,附属于大城的小城,就是内城。少室山,嵩山的东峰,在河南登封北。

河外青山展卧屏①,**并州孤客倚高城**②。
十年旧隐抛何处③,**一片伤心画不成**。
谷口暮云知郑重④,**林梢残照故分明**。
洛阳见说兵犹满⑤,**半夜悲歌意未平**。

①河外:黄河南岸。少室山在黄河南岸,因此说是"河外青山"。卧屏:放置在床头的屏风。　②并州孤客:指诗人自己。元好问祖籍山西忻州,古属并州。　③十年旧隐:住了十年之久的隐居旧地。这里是指当时已经失陷的登封。元好问自金宣宗兴定二年(1218)至金哀宗正大三年(1226)在河南登封闲居,前后达九年之久。十年,是举其整数而言。　④郑重:形容情意殷勤,缠绵恳切。　⑤兵犹满:仍然塞满了兵戈。意思是战乱仍未平息。

翻译

黄河外屹立着巍巍青山,
就像是展开了如画的卧屏;
来自并州的孤独客子,
凄惶地倚在怀州的高城。
那十年隐居的旧地呵,
如今被抛弃在什么地方?
这一片伤悲的心境呵,
便是那高手也描画不成。
山谷口暮云渐生,上下翻卷,
像是懂缠绵情意,恳切殷勤;
林梢上夕阳返照,余晖缕缕,

怀州子城晚望少室

却显得分外光亮,分外鲜明。

如今,

惊恐的洛阳城里呵,

听说战斗仍未平息;

半夜里我放声悲歌,

终究是心潮难平!

杏花杂诗(十三首选一)

这组诗歌大约写于诗人在汴京之时,为赏春之作。诗歌从不同的侧面描写了杏花的娇美可爱,写来错落有致,情韵盎然。这里选的第三首抒发了诗人对美的追求之心以及与杏花的不解情缘。三、四句意蕴深远,是饱经忧患的诗人的心声。

其三

袅袅纤条映酒船①,绿娇红小不胜怜。
长年自笑情缘在②,犹要春风慰眼前。

①袅(niǎo)袅:纤长柔美的样子,常用来形容细弱的树枝随风摆动。酒船:载有酒菜供人饮酒泛游的船。　②长(zhǎng)年:老年,上了岁数。情缘:情谊缘分,这里指对杏花的偏爱。

翻译

袅袅的纤细枝条,
映照着载酒小船;

绿叶娇柔,红花小巧,
真让人不胜爱怜。
人到晚年我暗笑自己,
深深的情缘竟然长在;
还要那吹放杏花的春风,
来慰藉饱经忧患的眼前。

杨柳

这首小诗写来秀丽清新,没有元好问诗中常见的悲苦调,或许是写在诗人心境良好的时候吧。然而,诗人毕竟是生活在乱离年代,即便是在心情偶尔愉悦之时,也不免流露出隐藏的忧思。三、四句在轻快的写景当中,便流露了微微的怅惘之情。

杨柳青青沟水流,莺儿调舌弄娇柔①。
桃花记得题诗客②,斜倚春风笑不休。

---

①调(tiáo)舌:等于说调嘴,耍嘴皮子。 ②题诗客:暗用唐代崔护的故事。据孟棨(qǐ)《本事诗》记载,崔护曾在清明日独游长安城南,到一庄户人家求饮,一少女端来水后,站在桃花下,眉眼间对崔颇有情意。次年清明,崔又前往寻觅,却见门户紧闭,杳无一人。在无限的惆怅之中,崔在门扇上题诗道:"去年今日此门中,人面桃花相映红。人面不知何处去,桃花依旧笑春风。"

翻译

　　杨柳的枝叶青青,
　　沟水潺潺地淌流;
　　黄莺在调舌歌唱,
　　卖弄着娇美轻柔。
　　桃花似记得当日,
　　题诗的客人来游;
　　斜倚和煦的春风,
　　咯咯地笑个不休。

壬辰十二月车驾东狩后即事(五首选二)

壬辰,这里指金哀宗天兴元年(1232)。这一年七月,金朝国都汴京(今河南开封)再次被蒙古大军包围。相持到十二月,城中瘟疫流行,粮尽援绝,老百姓至争食死人。金哀宗迫不得已,留下部分兵力继续坚守,自己则突围东逃,退守归德(在今河南商丘)一带。当时,元好问任左司都事,留守汴京。在围城中,他亲睹事态的恶性发展,意识到金朝已无法避免覆亡的命运,心中无限悲苦,因而写下组诗五首,描述围城中的悲惨情景,痛斥蒙古军的侵略暴行。组诗写来悲愤绝望,沉挚凄凉,是元好问诗集中最具代表性的诗作之一。车驾东狩,指金哀宗向东逃往归德。

其二

惨澹龙蛇日斗争①,干戈直欲尽生灵②。
高原水出山河改③,战地风来草木腥。
精卫有冤填翰海④,包胥无泪哭秦庭⑤。
并州豪杰知谁在⑥,莫拟分军下井陉⑦。

①惨澹(dàn)：阴森凄怆的样子。龙蛇：龙和蛇，这里是比喻敌对的蒙古军和金军。　②干戈：盾牌和戈戟，这里是借指战争。　③"高原"句：暗用《诗经·十月之交》"高岸为谷，深谷为陵"诗意，指在蒙古军的侵略下，国家形势发生了剧烈的变动。一说指金哀宗为阻止蒙古军前进，开决黄河大堤，以致山河改貌，人民灾难加深。　④精卫：古代神话中的鸟名，这里是作者自喻，以表现对敌人复仇的决心。据《山海经》记载说，炎帝的女儿女娃在东海游玩时，不慎溺死。她冤魂不散，化为精卫鸟，天天从西山衔来木枝石块，立誓要填平东海。冤：怨恨，仇恨。翰海：也作"瀚海"，指蒙古高原东北部的北海。⑤包胥：就是春秋时的楚国大夫申包胥。春秋末年，吴国联合各国攻破楚国的首都郢。申包胥向秦国求救，遭到拒绝，便站在秦宫墙脚下痛哭，一连七天哭不绝声，水不入口，终于使秦王受到感动而发兵援楚。无泪哭秦庭：泪已流干，不能再到秦庭恸哭。实际意思是说国家行将灭亡，自己纵使有申包胥那样的意志，也求援无门了。秦庭，秦国的宫廷。　⑥并(bīng)州：古地名，在今山西太原一带地方。该地位于黄土高原东部，历来是北方游牧民族入侵的必经之地，因此当地民风尚武，多出英雄豪杰。　⑦莫拟：莫不是打算，莫非是准备。莫，副词，表示揣测或愿望，等于说"莫非"，"莫不是"。分军下井陉(xíng)：据《史记·淮阴侯列传》记载，汉初，韩信率兵数万攻打赵王歇。离井陉口三十里时，分派轻骑二千人先从小路潜行至井陉口外埋伏，待赵兵出营与韩信大军交战时，即驰入赵营，拔去赵王旗帜，树起汉王的赤旗。这一来，赵兵以为赵王已被擒获，军心

大乱,终至溃败。井陉,关名,即井陉口,位于太行山脉中部,形势险要,为兵家必争之地。

翻译

  翻滚的战云搅得天阴地惨,
  对垒的龙蛇终日恶斗苦争;
  到处是刀兵闪亮,杀声震耳,
  直像要横尸遍地,戮尽生灵。
  高原上涌出了滚滚水流,
  山河已经是面貌改形;
  战地里卷来了寒风凛冽,
  草木也带着阵阵血腥。
  我虽像精卫鸟胸有大恨,
  想要把瀚海努力填平;
  却又像申包胥泪已枯竭,
  再也难哭动冷漠的秦庭。
  勇武的并州豪杰呵,
  如今可知道还有谁在?
  莫非想效仿韩信的奇谋呵,
  分兵攻下那巍巍井陉?

壬辰十二月车驾东狩后即事(五首选二)

其四

万里荆襄入战尘①,汴州门外即荆榛②。

蛟龙岂是池中物③,虮虱空悲地上臣④。

乔木他年怀故国⑤,野烟何处望行人⑥。

秋风不用吹华发⑦,沧海横流要此身⑧。

①荆襄:指今湖北江陵、襄阳一带地区。金哀宗天兴元年正月,蒙古军队在襄城的汝坟大败金兵。 ②荆榛:荆和榛,两种杂生的灌木,指荒芜之地。 ③"蛟龙"句:据《三国志·吴书·周瑜传》说,周瑜认为刘备是个枭雄,不会长久屈居人下,"恐蛟龙得云雨,终非池中物"。池中物,池塘里的小生物,如鱼虾等。诗中用蛟龙比喻金哀宗,意思是说金朝皇帝虽然暂时失利,为人所屈,但终究会发愤图强,恢复故国的。 ④"虮(jǐ)虱"句:等于说"空悲地上虮虱臣",意思是(蛟龙的受困)空自使我们这些小臣感到悲哀。虮虱臣,比喻地位低微的臣子,是作者自喻。 ⑤"乔木"句:等于说"他年怀故国乔木"。乔木,高大的树木。古人常在都城外种植树木,因此用乔木象征故国。他年,将来的岁月,将来。故国,旧日的都城。国,国都,都城。 ⑥"野烟"句:唐末,昭宗受军阀朱温挟制,终日郁郁不乐,填《菩萨蛮》词说:"野烟生碧树,陌上行人去。何处有英雄,迎侬归故宫?"此诗化用其意,意思是说金哀宗逃奔在外,无人能迎其归故宫。 ⑦华发:黑白相杂的头发。 ⑧沧海横流:大海的水到处乱流,比喻

社会严重动乱,不安定。

翻译

辽阔万里的荆襄,
已卷进弥漫的战尘;
汴京古城的门外,
也布满丛生的荆榛。
一时被困的蛟龙呵,
哪会是池中的孱物;
空自悲哀的虮虱呵,
是我这地上的小臣。
将来,
我会在高大的树木下,
深情地怀想旧时的都邑;
如今,
惆怅于野外的烽烟中,
哪里能望见远去的行人?
瑟瑟而来的秋风呵,
不要吹拂我斑斑的华发;
沧海横流的世界呵,
正需我贡献微贱的躯身!

壬辰十二月车驾东狩后即事(五首选二)

俳体雪香亭杂咏（十五首选三）

本诗作者自注："亭在故汴宫仁安殿西。"金哀宗天兴二年（1233）四月十九日，投降了蒙古的汴京守将崔立把金朝宗室五百余人送往蒙古军中，押赴青城（在河南开封南）。当时，元好问迫于形势，接受了崔立授予的左司员外郎之职。在金宗室后妃出宫后，诗人入览宫中，亲睹兴亡之迹，感慨尤深，因而写下了这组悲凉凄恻的诗歌，来表现一个亡国遗臣绝望的哀痛。俳体，指内容带有游戏性质的诗文。这组丧亡之作故意称为俳体，实是表现了诗人更为深刻的悲怆。雪香亭，位于内宫深处，因此这里借来吟咏内宫之事。

其二

洛阳城阙变灰烟①，暮虢朝虞只眼前②。
为向杏梁双燕道③，营巢何处过明年④。

---

①洛阳：古代中国的历史名都，这里用来指代汴京。　②暮虢（guó）朝虞：傍晚虢国灭亡，第二天早晨虞国也跟着灭亡。比喻利害相关的国家或地区安危与共，一亡俱亡。据《春秋公羊传·僖公二年》记

载,晋国谋臣荀息向晋献公献计,先向虞国借路攻灭虢国,回程中再顺便灭掉虞国。他说:"君若用臣谋,则今日取虢,而明日取虞尔。"晋献公依计而行,果然接连灭了虢虞二国。这就是历史上有名的"假途灭虢""唇亡齿寒"的故事。这里用这一典故,是表示汴京和当时金哀宗驻守的归德府(宋州)唇齿相依,汴京覆灭,金朝的最后一个据点归德府离覆亡也就不远了。 ③为:为此,因而。杏梁:文杏所制的房梁,也用来泛指华丽的屋宇。这里是用来指代汴京的宫苑。 ④"营巢"句:等于说"何处营巢过明年",意思是汴京的宫殿城阙已毁于战火,燕子也无处可营巢了。营,制造,修筑。

翻译

洛阳古都的城楼,
已经化成了灰烟;
"暮虢朝虞"的悲剧,
就在人们的眼前。
我因此向着呵,
杏梁上的双燕凄然问道:
在哪里筑巢呵,
得以度过明年?

俳体雪香亭杂咏(十五首选三)

其三

落日青山一片愁， 大河东注不还流^①。
若为长得熙春在^②， 时上高层望宋州^③。

---

①"大河"句：暗示金朝的灭亡已如河水不返，无可挽回了。 ②若为：怎能，如何能够。熙春：指汴京城中的熙春阁，建于北宋徽宗年间。据刘祁《归潜志》说，蒙古军围攻汴京时，城中人多拆屋来作为守城器具，而熙春阁因为结构坚固，没有被拆毁。因此诗人借用熙春阁来表示希望金国长在的心情。 ③宋州：就是归德府，在今河南商丘南。当时金哀宗驻在该地。

翻译

落日惨淡，青山失色，
天地间罩着一片深愁；
滔滔的黄河向东流去，
这一去再不会往回倒流。
怎能够永远留得呵，
巍巍熙春阁高耸人世；
好让我时时登上呵，

最高的楼层眺望宋州。

其十三

暖日晴云锦树新①,风吹雨打旋成尘②。
宫园深闭无人到, 自在流莺哭暮春③。

---

①"暖日"句:形容金朝宫苑内春日的美丽。 ②旋:副词,意思是很快地,瞬息间。 ③自在:无人管束,来去随意。流莺:就是黄莺。流,是指黄莺的叫声流转圆润。

翻译

和暖的太阳,
正照耀晴空的白云,
似锦的花树,
正炫示迷人的娇新;
若经风吹雨打的摧残,
转瞬间鲜花即成尘埃。
可惜如今呵,
宫园深深,大门紧闭,

俳体雪香亭杂咏(十五首选三)

再不会有人来到这里；
只剩下自由自在的黄莺，
在那里哭泣逝去的晚春。

癸巳四月二十九日出京

癸巳,指金哀宗天兴二年(1233)。这一年四月,汴京守将、西面元帅崔立向蒙古军献城投降。四月二十日,蒙古军把金朝宗室男女五百多人虏至青城,后把他们全部杀死;四月二十九日,又把金朝旧官吏押送聊城拘管。身在其中的元好问这时尝到了一个亡国遗臣的痛苦滋味。此情此景,促使诗人追思金朝灭亡的全过程,从而写下了这首诗歌。诗中慨叹汴京的陷落、金国的将亡,充满了悲凉情调。末两句追思北宋灭亡的历史,感慨天意反复的无情,尤其透出无限的凄怆。

塞外初捐宴赐金①,当时南牧已骎骎②。
只知灞上真儿戏③,谁谓神州遂陆沉④。
华表鹤来应有语⑤,铜盘人去亦何心⑥。
兴亡谁识天公意, 留着青城阅古今⑦。

---

①塞外:我国古代指长城以北的地区,这里泛指北方边境各部族。捐:拿出财物。宴赐金:金国赐给北方边境各部族的宴会用的财物。自海陵王正隆年间(1156—1160)开始,金国为笼络北方各部,加强

边境守备,便赐给北方边境各部宴会用的金钱。金章宗明昌二年(1191),规定每五年宴赐一次,并派遣官吏前往主持具体事务。②南牧:南下牧马,实际意思是指北方游牧民族向南侵略扩张。骎(qīn)骎:马走得很快的样子。 ③灞上:地名,就是霸上,在长安东郊,有灞水流经该地。这里是指汉文帝时霸上的驻军。灞上真儿戏:意思是说金朝的军队就像汉朝的霸上军那样如同儿戏,不堪一击。据《史记·绛侯周勃世家》记载,汉文帝曾到霸上和棘门视察驻军营地,都直驰而入,将领们全徒手出来迎送。而来到周亚夫的营地后,却见军士都是全副武装,做好战斗准备,即使见文帝来到,也要先禀告周亚夫后才准进入。因此,文帝极口称赞周亚夫是"真将军",并批评霸上和棘门的驻军"若儿戏耳",认为如果敌人组织一次袭击,便能够俘获该两营的将领。 ④神州:中国,这里指金朝的国土。陆沉:比喻国土沉沦。 ⑤华表鹤来:据《搜神后记》记载,辽东人丁令威学道成仙,千年后化为白鹤回到故乡,停在城东门的华表上唱道:"有鸟有鸟丁令威,去家千年今始归。城郭如故人民非,何不学仙冢累累。"华表,树立在广场、路口等处的标柱,通常有两根,上有横木。 ⑥铜盘人:手擎承露盘的仙人铜像,又称金人、金铜仙人,汉武帝时铸造。据说三国时魏明帝从长安汉宫拆迁此铜人到洛阳,铜人因要离开故土,流下了悲哀的眼泪。唐代诗人李贺曾根据这一传说写了一首《金铜仙人辞汉歌》,用拟人化手法描写了铜人离别汉宫时的悲痛心情。后来人们便用"金人辞汉""铜盘人去"来比喻离别故土。 ⑦青城:汴京城南五里的一个小城。北宋末靖康元年(1126)十一月,金朝军队曾在此接受宋钦宗的降表。一百多年后,金朝宗室男女五百余人却在此惨遭蒙古军杀戮。诗人自注:"国初取宋,于青城受降。"

翻译

朝廷对塞外,
初颁赏宴赐金银;
蒙古在当时,
已南下牧马骎骎。
只知道灞上军真同儿戏,
哪料想江山便从此沦沉。
街头的华表仙鹤飞来,
应触发兵燹的悲慨;
手擎着铜盘金人离去,
又会有怎样的心情?
国家兴亡的定数呵,
有谁能知道天公的旨意;
好似要留着小小的青城,
凄怆地历阅巨变的古今!

癸巳四月二十九日出京

癸巳五月三日北渡(三首)

金哀宗天兴二年(1233)五月初三日,元好问自青城被押往聊城,向北渡过黄河。途中,诗人看到战火之余的悲惨景象,写下这组诗歌,形象地记载了蒙古军掳掠奴隶、抢夺财物、肆行烧杀的暴行。诗歌写来文辞凄切,哀情感人,是不可多得的佳作。

其一

道旁僵卧满累囚①,过去毡车似水流②。

红粉哭随回鹘马③,为谁一步一回头。

---

①僵卧:躺倒不动。意思是疲乏无力或死亡。僵,倒下。累囚:用绳子捆绑的囚徒。累(léi),绳子,这里用为动词,意为捆缚。 ②毡车:同"毡车"。这里指蒙古军用来装载抢来的人和财物的车子。 ③红粉:指被掳掠的妇女。回鹘(hú):就是回纥(hé),隋唐时我国境内铁勒族建立的部落联盟,曾协助唐朝平定安史之乱。这里是指蒙古军。

翻译

大路的两旁,

倒卧着满地的俘囚;

经过的毡车,

就像那滚滚的水流。

被俘的妇女呵,

呜咽着跟在回鹘的马后;

究竟是为谁呵,

一步踉跄一回头!

其二

随营木佛贱于柴①,大乐编钟满市排②。

虏掠几何君莫问, 大船浑载汴京来③。

---

①随营木佛:随带在军营中的木佛。贱于柴:价钱比木柴还贱。 ②大乐(tài yuè):指大乐署,金朝宫廷中掌管国典音乐的机构。编钟:古乐器,由若干个大小不同的钟按其音阶高低编列成组。在宫廷中祭祀、宴乐时所用。满市排:谓大乐乐器散落民间,在市场上到处出售。市,就是市场,集市。 ③浑:副词,意为简直,几乎。

翻译

军营里珍奉的木佛,

价值低贱过于木柴;

大乐署流散的编钟,

摆满在市场上摊卖。

到底抢掠了多少呵,

你也就无须细问;

那艘艘大船呵,

几乎已把汴京整个载来。

其三

白骨纵横似乱麻，　几年桑梓变龙沙①。

只知河朔生灵尽②，破屋疏烟却数家。

---

①桑梓:桑树和梓树,古人常把它们种在住宅两旁,因此后来便用桑梓来指代故乡、故居。龙沙:指我国西部和西北部的边远山地及沙漠地区。此是泛指沙漠地区或荒无人烟的地区。作者自注:"桑梓其翦为龙沙乎?郭璞语。"　②河朔:黄河以北地区。生灵:人民,百姓。

翻译

森森的白骨纵横交错,
遍布在原野如同乱麻;
几年来桑梓毁于战火,
变成了荒凉的龙沙。
只以为河朔的万千生灵
已经被屠杀净尽;
却不料破屋上炊烟疏淡,
竟还剩几户人家!

癸巳五月三日北渡(三首)

续小娘歌（十首选三）

金哀宗天兴二年（1233），元好问与留守汴京的其它官员一道，被蒙古军押送聊城拘管。一路上，到处可见战争带来的严重破坏。这一切，使诗人悲愤难平。到聊城以后，他怀着沉痛的心情，仿照当时流行的《小娘歌》曲调形式，写下了这组《续小娘歌》十首，如实地记下了人民在战争中的痛苦遭遇。由于诗人身历目睹了这场浩劫，因而诗歌写来字字血泪，深切动人。

其一

吴儿沿路唱歌行①，十十五五和歌声②。

唱得小娘相见曲③，不解离乡去国情④。

---

①吴儿：本指南方长江下游苏州地区的人。因为金国在蒙古的南方，因此诗中借用来指代金国的人。　②和（hè）歌声：互相唱和的歌声。　③唱得：唱完。得，用在动词后面，表示动作的完成。小娘相见曲：应是《小娘歌》中的恋歌。唱到这里时，把现实生活和歌词内容相对照，便更感到离乡去国的悲酸了。　④不解：是反语，实际是说的"更解"。解，懂得，知道。去国：离开自己的国家。

翻译

南方的吴儿步履迟滞,

一路上唱着歌往前挪行;

十个一群呵五个一伙,

到处都听到唱和的歌声。

待到唱完呵,

那曾经醉人的《小娘相见曲》;

真没法懂得,

今日离乡去国的哀情。

其五

风沙昨日又今朝①,踏碎鸦头路更遥②。

不似南桥骑马日③,生红七尺系郎腰④。

---

①"风沙"句:实写路上的情景,同时暗示已来到蒙古境内。　②鸦头:即鸦头袜,袜头拇趾与其它四趾分开,成"丫"形。　③南桥:指代繁华的街市。　④生红:大红,深红。这里指深红色的布带。

续小娘歌(十首选三)

翻译

　　风沙弥漫在塞北小路,

　　刮够了昨日又刮今朝;

　　脚下踏碎了鸦头袜子,

　　眼前更觉得尘路迢遥。

　　全不像当年在南桥,

　　骑马欢游的时刻;

　　红红的布带长七尺,

　　紧紧地系在情郎的身腰。

其八

太平婚嫁不离乡, 　楚楚儿郎小小娘①。

三百年来涵养出②, 　却将沙漠换牛羊③。

---

①楚楚:整洁鲜明的样子。儿郎:男青年的爱称。小小娘:娇小的年轻姑娘。　②三百年:指辽、金两代。自辽太祖建国(916)至金哀宗亡国(1234),辽、金两朝共约三百年。涵养:滋润养育。　③将:动词,意为挟持,送往。换牛羊:指蒙古贵族把被掳的奴隶当作货物,在集市上换取牛羊。

翻译

在那太平的年代,
婚姻嫁娶都不离开故乡;
无论是楚楚的男儿,
还是那娇小的姑娘。
可惜三百年来呵,
养育出这可爱的一代;
如今却被掠去呵,
送往那沙漠换取牛羊。

十二月六日（二首选一）

金哀宗天兴三年（1234），元好问被拘管在聊城的至觉寺，在凄凉和哀伤中迎来了又一个春天。这时，传来了哀宗自杀、金国覆灭的噩耗，诗人对一切都绝望了。这首诗的字里行间，充溢着诗人的一片故国之哀。

其二

海内兵犹满①，天涯岁又新。
龙移失鱼鳖②，日食斗麒麟③。
草棘荒山雪④，烟花故国春⑤。
聊城今夜月， 愁绝未归人⑥。

①海内：指中国。古人认为我国疆土四面环海，因此称国境之内为海内。兵：兵器，这里指代战争。　②龙移：神龙移迁，这里是比喻金哀宗出逃。失鱼鳖：使鱼鳖流离失散，这里是比喻使臣民流离失所，无所凭依。失，失散，流离。这里用为使动词。　③"日食"句：比喻金朝灭亡。《淮南子》认为，地上麒麟相斗，天上便会出现日食或月食。古人认为日食是不祥之兆。　④草棘：野草荆棘。　⑤烟花：泛指春景。　⑥愁绝：愁到了极点。

翻译

展望海内,
仍然是战尘弥漫;
天涯沦落,
却又逢年岁更新。
神龙移位,
流散了无依的鱼鳖;
天日被食,
斗苦了世间的麒麟。
如今,
满目是野草荆棘,
衰颓在荒山积雪;
更教人怀念故国,
那烟花韶丽的阳春。
聊城今夜的冷月啊,
愁坏了我这回不了故乡的人……

十二月六日(二首选一)

喜李彦深过聊城

金哀宗天兴三年(1234),好友李彦深来到聊城探访被拘管的元好问。老朋友的突然来访,给诗人那痛苦而屈辱的囚徒生活带来了一线喜悦,同时也勾起了诗人亡国遗臣的无限辛酸。正是在这种心情之下,诗人写下了这首诗歌,慨叹金国的灭亡和自己的不幸命运。

围城十月鬼为邻①,异县相逢白发新②。
恨我不如南去雁, 羡君独是北归人③。
言诗匡鼎功名薄④,去国虞翻骨相屯⑤。
老眼天公只如此, 穷途无用说悲辛。

①围城十月:从金哀宗天兴元年(1232)三月汴京被围,至天兴二年正月崔立与蒙古议降,蒙古军撤围,前后长达十个月。鬼为邻:与鬼为邻,意思是离死亡不远。 ②异县:意思就是他乡,这里指聊城。 ③独:副词,表示对比与转折的意思,略同于"却"。 ④匡鼎:就是西汉经学家匡衡,元帝时官至丞相,后得罪免为庶人。他对《诗经》深有研究,故说"言诗"。 ⑤去国:离开国都。国,都城。虞翻:三

国时东吴人,曾任孙权的骑都尉之职。后因多次犯颜直谏,贬官交州(在今广东、广西一带),他自恨命运不好,曾表示生时无人可与互相交谈,死后当以青蝇作为吊客,并说:"使天下有一人为知己,足以无恨。"骨相:人的骨骼相貌。古人认为骨相可以决定人的贫富祸福。屯(zhūn):艰难、困顿。

翻译

往日,
在围城困守了整整十月,
战火中苦挣扎与鬼为邻;
如今,
与朋友在他乡欣然相会,
我头上已添了白发簇新。
只恨我呵,
不如那南飞的大雁;
羡煞你呵,
却是个北归的行人。
我好比长于说《诗》的匡衡,
功名的福分本自微薄;
我又像离开国都的虞翻,
骨相多寒命运艰苦。
老眼昏花的天公呵,

从来就只是如此颠倒;
身处穷途的遗民呵,
也无须互诉无限的酸辛!

梦归

这首诗作于金哀宗天兴三年(1234)。诗中真切地表现了被拘聊城的诗人对于故乡和亲人的深沉怀念以及作为阶下囚的痛苦心情。末两句看似语气平和,实则是诗人极感绝望的疾呼,把全诗表现的痛苦心境推到了极点。

憔悴南冠一楚囚①,归心江汉日东流。
青山历历乡国梦②,黄叶潇潇风雨秋。
贫里有诗工作祟③,乱来无泪可供愁。
残年兄弟相逢在, 随分齑盐万事休④。

---

①南冠一楚囚:戴着南国帽子的一个楚国囚徒,这里是作者自指。据《左传·成公九年》记载,楚人钟仪被囚禁在晋国,仍然戴着南方楚国的帽子(就是所谓南冠);晋侯叫他弹琴,他弹的也是故乡南国的曲调。后来"南冠""楚囚"便被用来作为囚徒的泛称,同时也暗含有拘囚异乡、怀念故土而郁郁难欢的意思。 ②历历:(物体或景象)一个一个清晰分明。 ③"贫里"句:困穷里诗思善于作祟。意思是说自己在这穷途末路之时,诗情越发腾涌而来。工,善于。作

祟,作怪,暗中捣乱。　④随分(fèn):随便,不拘什么。齑(jī):切碎的腌菜或酱菜,这里是比喻过清贫的日子。

翻译

我神色萎靡,面容黄瘦,
凄凉恰似那南冠楚囚;
归心呵如同长江汉水,
不分日夜地向东奔流。
故园的青山历历可爱,
思乡的梦里时时涌浮;
醒来只听得黄叶萧瑟,
飘落在凄冷的风雨寒秋。
困穷里诗情更涌,
真是善于作怪;
乱离中眼泉枯涩,
再无泪可洗忧愁。
若能在余生的岁月呵,
与兄弟相逢共聚;
随便是腌菜粗盐呵,
也教我心满意足,万事甘休。

即事

天兴三年(1234)正月,蒙古和南宋联合围攻蔡州,城破,哀宗自杀,金国灭亡。六月,金安平都尉李伯渊刺杀了降蒙的金将崔立。元好问在聊城听到此事,写诗以记,表达了对崔立的深恶痛绝和对哀宗的伤悼之情。末两句表现了亡国遗臣极度的哀伤,读来尤觉动人心魄。

逆竖终当鲙缕分①,挥刀今得快三军。
燃脐易尽嗟何及②,遗臭无穷古未闻。
京观岂当诬翟义③,衰衣自合从高勋④。
秋风一掬孤臣泪⑤,叫断苍梧日暮云⑥。

---

①逆竖:叛逆的小子。这里指崔立。竖,古时对人的鄙称。鲙缕分:切成像鱼鲙和线缕那样的碎片。据《金史·崔立传》说,李伯渊刺杀崔立后,聚众宣布崔的罪行,万口齐应曰:"寸斩之未称也。"意思是把崔立一寸寸地割碎了也不足以抵罪。鲙,切成片状的鱼肉。
②燃脐:在肚脐上点火。用董卓被刑典故。《后汉书·董卓传》记载,东汉末逆臣董卓被王允、吕布所杀,陈尸在长安市上。人们痛恨董卓,觉得光杀了他还不解恨,又见他尸体肥胖,油脂溢出,便在他

肚脐上点起火来。　③京观(guàn)：高大的台观。古人打了胜仗，便把敌兵尸体高高堆起，上面盖上土，称为京观，用来夸耀战功。翟(zhái)义：西汉末东郡太守。王莽篡汉时，翟义起兵讨罪，失败被杀。王莽收埋他的尸体，筑为京观。　④衰(cuī)衣：丧服。衰，同"缞"。高勋：据《契丹国志·太宗本纪》，高勋与嗜杀成性的张彦泽有仇，被张闯入家门杀死叔父和弟弟。后辽太宗判处张死刑，命高勋监斩。行刑时，那些被张杀害的人的家属，都穿着缞衣哭随后边，诟骂张贼。刑后，高勋命剖张的心脏来祭奠死者。这里是用高勋来比李伯渊。　⑤孤臣：孤立无助的臣子。《孟子·尽心》说，孤臣"其操心也危，其虑患也深"。　⑥叫断：悲号欲绝，哭得声嘶力尽。苍梧：地名，在今广西梧州一带。传说舜死在这里，因此后来便用来指代帝王远死的地方。这里指金哀宗自杀的地方蔡州。

翻译

叛逆的乱臣贼子，
终得到应有下场，
像鱼鲙线缕那样，
被人们细细割分；
今日得挥起复仇的刀剑，
诛杀那贼子以告慰三军。
就像是董卓燃脐，
轻易已灰飞烟尽；

元好问集

哪怕他嗟叹连声,

也已经后悔不成。

留下了臭名呵,

直到那无穷后世;

丑恶的程度呵,

可真是古所未闻。

夸耀战功的京观,

哪能够用来抵毁翟义?

身披缞衣的人们,

自应该有志追随高勋!

秋风习习,

我挥洒着满掬孤臣的泪水;

悲号欲绝,

向着那苍梧傍晚的浮云……

甲午除夜

甲午,这里指金哀宗天兴三年(1234),也就是蒙古太宗六年。这一年正月,蒙古和南宋的军队联合围攻金朝最后一个据点蔡州(今河南汝南)。初九日,蒙古军在西城凿通五门,金守将完颜仲德督军死战。当夜,金哀宗传位给东面元帅完颜承麟。次日,南宋军攻破南城。金哀宗见大势已去,在幽兰轩中自缢身死,完颜承麟也死于乱军之中。金朝至此灭亡。元好问在聊城写下这首诗歌,怀念已经灭亡的故国。诗歌表达了极度哀伤的感情,是典型的亡国之音。五、六句回忆金朝的鼎盛时期,放在这亡国之音中,更显得感慨深沉,从而使"结语倍觉沉著"(高步瀛语)。

暗中人事忽推迁①,**坐守寒灰望复燃**②。
已恨太官余曲饼③,**争教汉水入胶船**④。
神功圣德三千牍⑤,**大定明昌五十年**⑥。
甲子两周今日尽⑦,**空将衰泪洒吴天**⑧。

---

①暗中:不知不觉中。推迁:发展变化。　②坐:徒然地,白白地。

寒灰望复燃:这里意为盼望金国东山再起,恢复旧业。　③太官:官名,掌管皇帝的饮食。余曲饼:只剩下曲饼,意思是金哀宗在蔡州已经绝粮。据《晋书·愍帝纪》记载,西晋愍帝建兴四年,前赵刘曜率兵包围长安。城中绝粮,太仓(京城中储粮的仓库)中仅剩下几十块曲饼,晋愍帝只能以曲饼研碎熬成的粥充饥。曲饼,酿酒用的酒曲饼。　④争教:怎叫,怎让。汉水入胶船:周昭王晚年南攻楚国,至汉水时,当地民众故意让他乘坐一只用胶粘的船,行至中流,胶溶船散,昭王溺水而死。这里是借指金哀宗国亡身殒。　⑤神功圣德:指金朝开国皇帝神一般的功绩和圣人般的德行。三千牍:意思是臣下奏事极多,政务繁忙。三千,极言其多。牍,奏牍,臣子上奏皇帝的公文。　⑥大定:金世宗完颜雍的年号(1161—1189)。明昌:金章宗完颜璟的第一个年号(1190—1195)。章宗在位十九年,先后用过三个年号,依次为明昌、承安、泰和。五十年:世宗、章宗在位共四十八年,这里说五十年,是举的整数。这一时期,是金朝的鼎盛时期,史称世宗为"小尧舜"。　⑦甲子两周:一百二十年。古人用干支纪年,自甲子至癸亥为一周,为六十年,两周即一百二十年。诗中指金国的立国时间,自金太祖收国元年(1115)至金哀宗天兴三年(1234),恰好是一百二十年。　⑧衰泪:老泪,老年之泪。吴天:这里是泛指南方的天空。金哀宗身死的蔡州,是金国最南的地方。

翻译

　　就在那不知不觉的当儿,
　　人间的情事已骤然移迁;
　　我徒然地守候冷却的灰烬,
　　只盼它能够再次烧燃。
　　已痛惜今日的蔡州呵,
　　太仓中只剩了充饥的曲饼;
　　怎忍让当年的汉水呵,
　　再一次淹没了天子的胶船?
　　怎不让人怀想呵,
　　开国时神功圣德,奏牍三千;
　　怎不让人留恋呵,
　　鼎盛的大定、明昌,五十华年。
　　一百二十年的大好江山,
　　到如今气数已尽;
　　我空自将纵横的老泪,
　　洒向那愁惨的南天。

眼中

眼中看着国破亲离,天下纷扰,自己又被拘聊城,过着压抑凄凉的亡国囚徒生活,一时间,元好问不由得心寒意冷,只想归隐青山,送却残年。在这种心境下写成的这首七律,意蕴沉痛入骨,而却是用了沉挚淡朴的语言来表现。末句"一庵吾欲送华颠",正是诗人痛极之后的故作平和之语。

眼中时事益纷然①,拥被寒窗夜不眠②。

骨肉他乡各异县③,衣冠今日是何年④。

枯槐聚蚁无多地⑤,秋水鸣蛙自一天⑥。

何处青山隔尘土⑦,一庵吾欲送华颠⑧。

---

①时事:时局,政事。纷然:混乱的样子。蒙古灭金后,政局极其混乱,因此诗中有此"时事纷然"的感慨。　②拥被:捂着被子,围着被子。　③"骨肉"句:用古乐府《饮马长城窟行》"他乡各异县,展转不相见"句意。　④衣冠:就是衣冠之士。衣冠,古代士大夫的穿戴,因此用来指读书人,也指世族或官绅。今日是何年:等于说"这是个什么样的年头"。　⑤"枯槐"句:唐李公佐作《南柯太守传》,叙述淳

于梦梦见去到大槐安国,娶了公主,当了南柯太守,享尽荣华富贵。醒来后才发现所谓大槐安国只不过是庭前老槐树下的一个蚂蚁窝。后来便用"南柯"或"南柯梦"来表示富贵无常或人生如梦之意。 ⑥"秋水"句:既是写实际的景色,又是暗用《庄子·秋水》中井底之蛙的典故。元好问在诗中用这一典故,似是表示宇宙广阔,天意茫茫,自己无须心胸狭隘,为一国之兴亡而耿耿于怀。这与"枯槐"句一样,都是在亡国惨痛中的激愤之语,同时也表现了诗人此时想隐居青山、自成一清静天地的心情。自一天,自是一个天空,也就是自成天地的意思。 ⑦尘土:比喻污浊的人世。 ⑧庵:小草屋,茅寮。华颠:花白的头顶,这里是借指晚年。颠,头顶,脑袋。

翻译

满眼帘时局混乱,日益纷然;

寒窗下身裹棉被,彻夜无眠。

思念那骨肉兄弟呵,

各在他乡,难以相见;

痛悼我衣冠之士呵,

苟活今日,是何岁年?

枯槐上聚集了蚁群无数,

终不过南柯一梦,无多地盘;

秋水中鸣噪着井蛙声声,

却也能平添乐趣,自成一天。

哪里能寻觅僻静的青山呵，
远远地隔开人世的尘土；
我想要搭个小小的茅寮，
打发这头发花白的晚年。

学东坡移居(八首选一)

蒙古太宗七年(1235),元好问从聊城移居冠氏,在县令赵天锡的大力资助下,建起新居。乔迁之日,诗人写下了这组诗歌。诗中追忆亡国之痛,叙述自己流离失所、衣食不保的苦况,同时也表达了自己之所以苟活于乱世的原因。在这里选的第六首中,诗人慨然"以著作自任",抒发了保存金代国史、完成"造物"使命的大志。东坡,宋诗人苏轼的号。苏因反对王安石的新法,被贬黄州(今湖北黄冈),住在东坡,因而以东坡为号。元好问这组诗歌仿效苏轼的《东坡八首》,格调也与之相近。

其六

国史经丧乱①,天幸有所归②。但恨后十年③,时事无人知。废兴属之天④,事岂尽乖违⑤。传闻入仇敌⑥,只以兴骂讥⑦。老臣与存亡⑧,高贤死兵饥。身死名亦灭,义士为伤悲⑨。哀哀淮西城⑩,万夫甘伏尸⑪。田横巨擘耳⑫,犹为谈者资。我作南冠录⑬,一语不敢私⑭。稗官杂家流⑮,国风贱妇诗⑯。成书有作者⑰,起本良在兹⑱。朝我何所营,暮我何所思。胸中有茹噎,欲得快吐之⑲。湿薪烟满眼⑳,破砚冰生髭㉑。造物留此笔㉒,吾贫复何辞。

---

①国史:这里指金朝的实录。古时朝廷中有专职史臣记录皇帝每天的言行。皇帝死后,继位之君便命史臣根据这份记录来修撰实录。 ②"天幸"句:金亡后,金朝的实录落到蒙古顺天道万户张柔的手中。元好问的夫人毛氏与张柔有亲戚关系,实录因此而得以保存。有所归,有归属之处,等于说有下落。 ③后十年:当是指金朝的最后十年,也就是金哀宗在位的1224—1234年。 ④废兴:国运的兴起和衰落。属:托付,归属。 ⑤乖违:错乱,颠倒。 ⑥仇敌:指金朝的敌国南宋政权。 ⑦兴:引起,产生。 ⑧与(yù):本为"参与"义,这里指联系、关系。 ⑨义士:有正义感的人,这里也是指作者自己。 ⑩淮西城:指蔡州(在今河南汝南)。金末哀宗自汴京逃往,这里成为金朝的最后一个据点,后为南宋和蒙古所攻克。淮西,淮河上游一带地方。 ⑪甘伏尸:意思是甘心为君国而死。伏尸,尸体横卧地上。 ⑫田横:秦末山东狄县人,与兄田儋(dān)起兵反秦,重建齐国。汉朝建立后,他率徒党五百人逃亡海岛。汉高祖命他前来洛阳。田横不愿向汉朝称臣,因而在半路自杀。留在岛上的五百党羽闻讯,也集体自杀。巨擘(bò):大拇指。比喻特出的人物。 ⑬南冠录:元好问被拘聊城时著有《南冠录》一书,记载金朝的杂事。

学东坡移居(八首选一)

今此书已佚。南冠，囚徒的代称。详参本书《梦归》注①。 ⑭"一语"句：意思是全部据实记录，不敢掺杂个人恩怨好恶。私，偏私，不公道。 ⑮稗（bài）官：古代的一种小官，专门搜集街谈巷议、风俗故事讲述给帝王听。后来便以稗官作为小说和小说家的代称。杂家：古代学术流派之一。其学说主要是糅合儒、墨、名、法诸家而成。 ⑯国风：《诗经》中的一部分，有十四国风，多是民间的歌谣。贱妇诗：指民间妇女写作的诗歌。贱妇，这里指地位卑贱的妇女。 ⑰成书：指编纂正史。作者：指大作家，善于写作的人。 ⑱起本：等于说起始，第一步。在兹：在这里。兹，此，这。这里指深入民间搜集史料等编史的准备工作。 ⑲"胸中"二句：意思是指心中怀有编写《金史》的愿望，如鲠在喉，希望能把它顺利地写出来。茹（rú）噎，吃东西梗塞了喉咙。茹，吃。 ⑳湿薪：湿柴火。烧湿柴，表示生活困苦。 ㉑"破砚"句：意思是破砚中结了冰，垂头研墨或写字时，冰花沾上了胡髭。破砚，暗用苏轼《次韵孔毅父〈久旱已而甚雨〉》诗意："我生无田食破砚，尔来砚枯磨不出。" ㉒造物：造物主，老天爷。此笔：指记录金朝历史的笔。

翻译

金朝的实录饱经了丧乱，
天侥幸总算是有所属归。
只遗憾哀宗的最后十年，
动乱的时事无人得知。

国运的兴衰只归于茫茫天意,
金朝的政事哪里会尽是乖违?
无稽的流言若传入仇敌耳内,
将只会因此更惹来漫骂讽讥。
朝廷的元老关系着国家存亡,
高尚的贤人惨死在兵燹荒饥。
如若是身死之后名声也跟着泯灭,
怎不叫义士心中为此而深感伤悲!
就在那哀云笼罩的淮西城里,
万千人心甘情愿地为国横尸;
刚烈的田横只不过是那其中的巨擘,
如今的人们仍把他作为谈论话题。
我写下的《南冠录》,
一个字也不敢有所偏私。
不屏弃小说野史,杂家之流,
也收录民间风谣,妇女歌诗。
写成这史书自有那大手笔,
起始的工作确在这资料的收集。
白天我所谋求的是些什么?
夜晚我又为什么苦苦沉思?
只因为郁闷的胸中有块心结,
有心要痛快地把它一吐了之!

学东坡移居(八首选一)

纵然是湿柴的浓烟迷漫了双眼,
纵然是破砚中冰花沾满了胡髭。
只要天公留下我这支秃笔,
就算我贫穷潦倒也在所不辞。

泛舟大明湖

本诗作者自注:"待杜子不至。"大明湖,位于今山东济南北郊,为小清河的上游,方圆九里,湖水清澈,有汇泉寺、历下亭、南丰祠、小沧浪亭等名胜,风景佳丽。蒙古太宗七年(1235),元好问东游济南,历游至此,深为陶醉,于心旷神怡中写下这首诗歌,吟咏大明湖的秀丽景色。诗歌写来清新优美而又透出一股豪放之气,风韵特佳。杜子,指杜仁杰,散曲家,山东长清人。

长白山前绣江水①,展放荷花三十里。 看山水底山更佳,一堆苍烟收不起。 山从阳丘西来青一湾②,天公掷下半玉环③。 大明湖上一杯酒,昨日绣江眉睫间。 晚凉一棹东城渡④,水暗荷深若无路。 江妃不惜水芝香⑤,狼藉秋风与秋露⑥。 兰襟郁郁散芳泽⑦,罗袜盈盈见微步⑧。 晚晴一赋画不成⑨,枉著风标夸白鹭⑩。 我时骖鸾追散仙⑪,但见金支翠蕤相后先⑫。 眼花耳热不称意⑬,高唱吴歌叩两舷⑭。 唤取樊川摇醉笔⑮,风流聊与付他年。

①长白山:在山东邹平南,因山中云气常白而得名。绣江:小清河的上游,发源于长白山下。　②阳丘:在今山东章丘东南十五里。青一湾:指弯曲清碧的绣江水。　③半玉环:比喻弯曲成半圆状的绣江。　④棹(zhào):船桨。也指用桨划船。　⑤江妃:江上的女神。水芝:就是荷花。　⑥狼藉:杂乱不堪。这里是形容荷花凋零散落的样子。　⑦兰襟:散发着兰花香气的衣襟。　⑧"罗袜"句:化用曹植《洛神赋》"凌波微步,罗袜生尘"语意,形容江妃在湖水面小步行走,依稀留下脚迹。　⑨晚晴一赋:唐诗人杜牧作《晚晴赋》,吟咏黄昏时的荷花和白鹭。赋中着重写白鹭的风采,而未着力描写荷花。因此元好问说它"画不成",也就是没有充分表现出荷花的美色之意。　⑩著:表述,描绘。风标:优美的风度、仪态。　⑪骖鸾(cān luán):乘驾鸾凤。骖,古代驾车时套在车前两旁的马。这里用为动词,意为乘驾。鸾,传说中凤凰一类的鸟。散仙:未经过玉皇授予官职的仙人。　⑫金支翠蕤(ruí):暗写同游的歌女。金支,乐器上的金或铜制的支柱,上面装饰有流苏等穗状饰物。翠蕤,翠羽制成的饰物。蕤,下垂的装饰物。　⑬称意:称心,随心所欲。这里指纵情玩乐,无拘无束。　⑭吴歌:吴地(今江浙一带)的歌曲。　⑮唤取:唤得,叫来。取,语助词。樊川:指杜牧。杜牧自号樊上翁,著有《樊川集》,因而世称他为杜樊川。这里是用来指杜仁杰。

翻译

　　长白山前流淌着绣江水，
　　水面上铺放开荷花三十里。
　　我细细地观赏水底的青山，
　　更觉得山色佳丽无比；
　　就像是一堆朦胧的青烟，
　　随波荡漾，收拢不起。
　　青山从阳丘蜿蜒西来，
　　流下这宛曲的碧水一湾；
　　仿佛是天公有意点染，
　　向人间扔下半截玉环。
　　昨天我来到大明湖上，
　　举起了酒杯一饮而干；
　　美丽绣江的千姿百态，
　　清晰地涌入我的眼帘。
　　待等到晚间袭来的清凉，
　　驾一叶扁舟把东城横渡；
　　水色暗黝呵荷花深稠，
　　就像是前头已无去路。
　　江上的女神呵，
　　真不爱惜那荷花的芳香；

泛舟大明湖

竟忍心让它呵,
凋零在寒冷的秋风秋露。
女神的衣襟芳香如兰,
散发着香气阵阵浓郁;
罗袜轻盈,翩翩起舞,
湖面上泛起了细碎的脚步。
便是那《晚晴赋》的妙笔,
也画不出荷花的翩然情趣;
杜樊川徒然地写尽风骚,
也只好全用来夸赞白鹭。
我这时如同驾着鸾凤,
飞行在天上追逐神仙;
只见那金枝上绿穗飘飘,
晃动在我的身后身前。
我痛饮一醉眼花耳热,
只觉得不够放纵自然;
索性高唱起吴地的歌曲,
痛快地叩打两边的船舷。
有心要唤请才子杜牧,
摇动他酣醉的生花笔杆;
姑且把这段风流情事,
用诗篇传付后世的岁年。

游黄华山

蒙古太宗九年（1237），从聊城移居冠氏（今山东冠县）的元好问动了回乡的念头。这年秋天，他回家乡忻州先作了一次短暂的探视，冬天动身返回冠氏。途经河南林县时，诗人慕名登游黄华山，写下了这首长篇山水诗。诗中描写了黄华山瀑布的壮丽景色，流露了对故国大好河山的眷念之情。在艺术风格上，它受到韩愈《谒衡岳庙遂宿岳寺题门楼》诗的影响，写来境界幽深，想象奇特，语言苍劲，可称是诗人晚年老成之作。黄华山，就是隆虑山，东汉时，因避汉殇帝刘隆的名讳，改名林虑山。山在今河南林州西北二十五里，山上"绝壑颎洞，树木翁郁，水声潺潺"，瀑布奇观更是闻名于世。

黄华水帘天下绝①，我初闻之雪溪翁②。丹霞翠壁高欢宫③，银河下濯青芙蓉④。昨朝一游亦偶尔，更觉摹写难为功⑤。是时气节已三月⑥，山木赤立无春容⑦。湍声汹汹转绝壑⑧，雪气凛凛随阴风⑨。悬流千丈忽当眼⑩，芥蒂一洗平生胸⑪。雷公怒击散飞雹⑫，日脚倒射垂长虹⑬。骊珠百斛供

一泻⑭，海藏翻倒愁龙公⑮。轻明圆转不相碍，变见融结谁为雄⑯。归来心魄为动荡，晓梦月落春山空。手中仙人九节杖⑰，每恨胜景不得穷⑱。携壶重来岩下宿，道人已约山樱红⑲。

---

①水帘：瀑布。黄华飞瀑，在山的北岩。　②雪溪翁：指王庭筠。王字子端，号雪溪，金世宗大定十六年（1176）进士，官至供奉翰林。后归隐隆虑山中，闭门读书。　③丹霞：红霞。一说，指山上岩石色红如霞状，亦通。翠壁：长满了苍翠草木的山壁。高欢宫：高欢遗下的行宫。高欢，南北朝东魏时人，一名贺六浑。他依靠六镇鲜卑豪族，联络山东士族，称大丞相，执掌东魏朝政十六年。他的儿子高洋取代东魏，称齐帝（北齐），追尊高欢为神武帝。高欢曾在黄华山插天峰下筑宫室避暑，死后据说也葬在此山。　④银河：这里用来比喻瀑布。青芙蓉：形容草木葱茏的山峰。　⑤摹写：描绘刻画。这里指用诗歌去形象地描述。难为功：难见功效。功，成效。　⑥气节：节气，季节。　⑦赤立：光秃秃地立着。赤，空，一无所有。这里指树木掉尽了叶子，光有枝干。春容：春天的景色。　⑧湍（tuān）声：急速的流水声。绝壑（hè）：极深峻不能下去的山壑。壑，山沟或大水坑。　⑨凛凛：非常寒冷的样子。　⑩悬流：悬挂的水流，指瀑布。　⑪"芥蒂"句：等于说"一洗平生芥蒂胸"，是化用苏轼《送路都曹》诗"恨无乖崖老，一洗芥蒂胸"句意。芥蒂胸，比喻胸中郁积着怨愤。芥蒂，细微的梗阻物。　⑫"雷公"句：形容瀑布前水声如雷、水

珠飞溅的情形。飞雹,诗中用来比喻水珠。 ⑬日脚:落近地平线的斜阳。长虹:这里指阳光射入瀑布前的水雾中,经折射而形成虹彩。 ⑭骊(lí)珠:一种非常名贵的宝珠,传说是出自骊龙的颔下。斛(hú):古量器名,容量为十斗。 ⑮海藏(zàng):海神储存珍宝的府第。龙公:指海龙王。 ⑯变见(xiàn):变灭显现。融结:消散凝结。谁为雄:是什么造成了这样的雄奇壮观?为,在这里意为形成、造成。 ⑰仙人九节杖:据《列仙传》记载,仙人王烈曾送给赤城老人一支九节苍藤杖,拄着它在地上行走,连快马也追不上。 ⑱胜景:优美的景物。穷:穷尽,看尽。 ⑲山樱:山樱桃,我国北方山地常见的一种野生植物,春天开花,花小而红。

翻译

黄华山飞瀑雄伟壮丽,
堪称是天下奇绝一宗;
我初次听说到这一美景,
是从那隐居的雪溪老翁。
红霞缭绕的葱茏峭壁,
旁边是当年高欢的行宫;
飞瀑像银河直泻而下,
洗濯着这朵青翠芙蓉。
昨天早晨的一时游赏,
虽不过只是偶尔兴浓;

却使我更觉笔头枯涩,
描绘这美景难以见功。
这时的节令,
本已是阳春三月;
满山仍秃树兀立,
没半点春天颜容。
湍急的山溪水声汹汹,
回转在深深的沟壑之中;
冰雪的寒气凛冽刺骨,
随伴着袭来阴冷山风。
悬垂的飞流千丈呵,
忽然间闯入了我的眼底;
完全洗尽那平生呵,
郁积着怨愤的芥蒂心胸。
就像是暴烈的雷公怒吼天际,
击打着冰雹飞溅远空;
西沉的夕阳倒照着瀑布,
幻化出一道悬挂的长虹。
又像是晶莹的骊珠百斛千斗,
都拿来尽情地倾泻涧中;
大海的宝库仿佛已翻倒,
愁坏了海底富有的龙公。

千万颗珠玉呵,

轻盈明亮,圆润流转,

了无阻碍地欢跳不停;

忽幻忽现,忽散忽聚,

是什么造成这壮阔浑雄?

归来的时候呵,

陶醉的心魂仍为这美景动荡;

清晨还梦见呵,

明月沉坠,春山空蒙。

纵然是手持仙人的九节藤杖,

也总恨这里胜景难穷。

我有心携带满壶的美酒,

再来这岩下住上一通;

山中的道人已与我约定,

重游这胜境,

只待那山樱花开得通红。

卫州感事(二首)

卫州,金朝时称河平军(军,行政区划名称,与州、府同级),治所在今河南卫辉。蒙古太宗九年(1237)秋,元好问离开冠氏,动身回故乡忻州。途经卫州时,有感于金末时事,写下这两首诗歌来抒发自己的感慨。

天兴元年(1232)十二月,金哀宗离开汴京,逃到黄河南岸的黄陵冈,并接受了元帅蒲察官奴的主张,匆忙渡河北上,准备攻打卫州以取粮食。渡河之际,忽遇北风大作,还有一万多兵士无法渡河,在南岸遭到蒙古军突然袭击,伤亡惨重。哀宗在北岸仍命平章政事完颜白撒督军进取卫州,连攻三日未破,而蒙古援军已到。金兵闻讯退师,被蒙古军在后追击。完颜白撒弃军逃跑,金兵在白公庙附近大败。金哀宗连夜乘小船沿河而下,方才得以逃至归德。这一仗,金兵精锐损失殆尽。留守汴京的崔立见大势已去,也投降了蒙古。从此,金国便行将灭亡了。在这二首诗中,元好问追忆了当年的卫州惨败,抒发了对于哀宗和故国的哀悼之情。

其一

神龙失水困蜉蝣①,一舸仓皇入宋州②。

紫气已沉牛斗夜③,白云空望帝乡秋④。
劫前宝地三千界⑤,梦里琼枝十二楼⑥。
欲就长河问遗事⑦,悠悠东注不还流⑧。

---

①神龙:古时以龙为天子的象征。这里指金哀宗。蜉蝣(fú yóu):一种小虫,它的成虫生长期极短,据说是"朝生夕死"。这里当是用来比喻蒙古军。一说是用来比喻完颜白撒等人。《诗经·曹风》有《蜉蝣》篇,以蜉蝣比喻使国君"无所依焉"的小人。 ②"一舸"句:写哀宗乘小船逃奔归德事。舸(gě),船只。宋州,归德府唐宋时称宋州。 ③紫气:古人所谓的祥瑞之气,这里指金朝的气数、运命。牛斗:牛宿和斗宿,二十八宿中的两宿。在秋天的黄昏见于南天。 ④帝乡:京城。 ⑤劫:佛教认为世界经历若干万年便毁灭一次,一切又重新开始,这便叫做"劫"。这里是用来比喻金国灭亡。宝地:极乐之地。三千界:就是三千大千世界。佛教认为,以须弥山为中心,以铁围山为外郭,是一小世界;一千小世界合起来就是小千世界,一千个小千世界合起来就是中千世界;一千个中千世界合起来就是大千世界。总称三千大千世界。这里用指金国。 ⑥"梦里"句:意思是说往日的繁华全都成了梦境。琼枝,玉树的枝干。玉树,古代传说中的仙树,据说长在昆仑山中,吃了它的花便可长生不老。十二楼,神仙住的地方。传说黄帝为了招待神仙,专门建了五城十二楼。这里是用来形容金朝鼎盛时的繁荣景象。 ⑦遗事:往日的旧事。 ⑧不还流:不向回流动。暗喻历史无法倒转。

翻译

神龙失水,凄凄惶惶,
受困于鄙屑的蜉蝣;
扁舟一叶,慌慌张张,
逃进了无援的宋州。
祥瑞的紫气呵,
已没在牛斗之间的夜幕;
追逐着浮云呵,
徒然地怅望故国的清秋。
浩劫前,
那里曾经是繁华宝地,大千世界;
梦乡里,
才能重见那玉树琼枝,十二仙楼。
有心向黄河,
细细地打听当年的旧事;
河水却无言,
悠悠东去,不再回流。

其二

白塔亭亭古佛祠①,往年曾此走京师②。
不知江令还家日③,何以湘累去国时④。
离合兴亡遽如此⑤,栖迟零落竟安之⑥。
太行千里青如染, 落日阑干有所思⑦。

①亭亭:高耸挺拔的样子。 ②"往年"句:金宣宗贞祐二年(1214),元好问自故乡忻州赴汴京应试时,曾路过卫州。 ③江令还家:意思是说我现在如同江总那样在战乱之后得以回家。江令,这里指南朝陈的诗人江总。因他曾任陈朝的仆射尚书令,因此世称江令。江总在梁朝时因遭侯景之乱,逃难至广东,辗转数年才北上还家。 ④湘累:指屈原。古人称无罪而死的人为"累"。屈原忠君爱国而遭流放,投湘水支流汨罗江而死,因此称为湘累。去国:离开故国。 ⑤遽(jù):仓促,匆忙。 ⑥栖迟:在漂泊中歇息下来,暂且居住。这里指归隐在家,过清贫的日子。安之:去哪里。安,疑问代词,意为"哪里"。之,动词,意为前去、前往。 ⑦阑干:就是栏杆。有所思:暗用杜甫《秋兴》"鱼龙寂寞秋江冷,故国平居有所思"之意。

翻译

高耸的白塔屹立在古老的佛祠,
当年我曾经路过这儿奔赴京师。
可知道今天的江总还家之日,
是否像当年的屈原去国之时?
人生的离合呵国家的兴亡,
往往是来得如此匆促;
有心歇下这漂泊的脚步,
竟不知可去何处暂息!
巍巍太行山千里连绵,
美丽的山色青翠如染;
我身浴落日,斜倚栏杆,
久久地、久久地深有所思……

羊肠坂

羊肠坂,位于山西壶关县东南约一百里处的太行山道上。元好问从冠氏回故乡忻州,途经于此,写下此诗。诗中抒发了山河沦丧、漂泊他乡之后渴望与家人团圆的急切心情。

浩荡云山直北看①,凌兢羸马不胜鞍②。
老来行路先愁远,　贫里辞家更觉难。
衣上风沙叹憔悴,　梦中灯火忆团圞③。
凭谁为报东州信④,今在羊肠百八盘⑤。

---

①浩荡:形容雄阔壮美的样子。云山:高耸入云的山峰。直北:正北。　②凌兢:小心恐惧、战战兢兢的样子。羸(léi):瘦弱。　③团圞(luán):团圆,团聚。　④东州:指黄河以东之地,就是今天山西一带。　⑤百八盘:一百零八个弯道。形容山道曲折盘绕。

翻译

　　雄阔的高山白云缭绕,

在北面扑入我的眼帘；
战栗的瘦马步履维艰，
像是禁不起沉重的马鞍。
老来时，
跋涉旅途先愁着路远；
贫困里，
辞别家人更觉得艰难。
衣服上风沙暗暗，
我感叹着面容的憔悴；
睡梦中灯火闪闪，
我渴念着家人的团圆。
靠谁来为我呵，
尽快给河东的家人报个音信；
就说我如今呵，
正走在羊肠坂上的一百零八盘。

出东平

蒙古太宗十年(1238)夏天,元好问应邀前往山东东平万户(万户,官名,为世袭军职)严实家中作客,逗留了一段时间。秋天,诗人携家离开冠氏回归故乡忻州,途中写下了这首诗。诗中感慨世路的艰难和自己的穷愁潦倒,感情是真挚的。

老马凌兢引席车①,高城回首一长嗟②。
市声浩浩如欲沸③,世路悠悠殊未涯④。
潦倒本无明日计⑤,往来空置六年家⑥。
东园花柳西湖水⑦,剩著新诗到处夸⑧。

①席车:车厢四周围上席子的车。 ②高城:这里是指东平城。 ③市声:集市中的嘈杂声。浩浩:本是形容水势浩大的样子,这里是用来形容人声鼎沸。 ④世路:这里指世间人事的经历,等于说人生道路。殊:副词,用在否定词前面,表示否定的程度达到某种极限,意思是"一点也(不)","根本(没有)"。涯:边际,尽头。 ⑤潦倒:颓丧失意。 ⑥"往来"句:等于说"六年往来空置家"。往来,意思是漂泊流浪。六年,自诗人被拘聊城至今,已经过了五年,六年是

说的约数。 ⑦东园:在东平,元好问常常前往游赏。西湖:指济南大明湖。 ⑧剩著:全都写在,全都写进。剩,副词,意为"尽"。

翻译

赢弱的老马,
艰难地拉着席车;
回望着高城,
不由得长声咨嗟。
市井上人声喧嚷,
就像是水要腾沸;
人世间长路漫漫,
一点也不见边涯。
穷愁潦倒,
本没有什么长远的计划;
六年漂泊,
空置下这可怜的破家。
东园中的翠柳红花呵,
西湖中的澄波绿水;
都写进我的新诗,
到处去向人炫夸。

外家南寺

本诗作者自注:"在至孝社,予儿时读书处也。"这首诗大约作于蒙古太宗十一年(1239)。这一年夏天,五十岁的元好问携带家眷终于回到了故乡忻州。饱经丧乱之后而得以重睹阔别了二十余年的家园,诗人不由得顿生故国丘墟之慨。诗中回忆起国破家亡的旧事,抚今追昔,无限伤感。中间两联,语意深刻警策,是元好问诗集中的名句。外家,指外祖父母家。

郁郁秋梧动晚烟①,一庭风露觉秋偏②。
眼中高岸移深谷③,愁里残阳更乱蝉。
去国衣冠有今日, 外家梨栗记当年④。
白头来往人间遍, 依旧僧窗借榻眠⑤。

①郁郁:树木枝叶茂密的样子。动晚烟:等于说"动于晚烟",意思是在晚烟中摇动。 ②秋偏:秋意不平均,偏重在一个地方。实际是说秋意特别浓重,好像都特意集中到一起了。 ③高岸移深谷:化用《诗经·小雅·十月之交》"高岸为谷,深谷为陵"句意,比喻世事变迁,高下易位。这里是用来寄寓金国灭亡后的沧海桑田之感。

移,变迁,改变。 ④梨栗:晋陶渊明《责子》诗中有"通子垂九龄,但觅梨与栗"之句,后来便因而用梨栗来作为儿童时代生活的象征。 ⑤榻(tà):狭长而矮、可坐可卧的床。

翻译

茂密的梧桐随着瑟瑟秋风,
轻轻晃动在黄昏的炊烟;
满庭的风露袭来阵阵寒意,
更觉得秋意偏集到这边。
眼帘中,
高高的河岸,
已变成深深的山谷;
忧愁里,
西坠的残阳下,
更怕听乱噪的鸣蝉。
离开了国都的衣冠之士呵,
竟落得凄怆的今日;
来到了外家的梨栗树下呵,
更记起快活的当年。
我披着满头的白发,

已经把人间走遍；

仍只到寺庙的窗下，

借卧榻冷清而眠。

外家南寺

初挈家还读书山杂诗（四首选一）

读书山，就是元好问故乡忻州的系舟山，元好问的父亲曾居此山中读书。因此，诗人的座主闲闲居士赵秉文为李平甫画赠诗人的《系舟山图》题诗时，称之为"元子读书山"。蒙古太宗十一年（1239）夏天，诗人回到故乡，在此山中隐居时，写下了这组诗歌。这里选的第三首，抒发了诗人晚年的心愿：过隐居生活，以教育儿孙为乐。

其三

眼中华屋记生存①，旧事无人可共论②。
老树婆娑三百尺③，青衫还见读书孙④。

①华屋：华美的房宅。这里也是暗用"华屋山丘"的典故。曹植《箜篌引》诗中有"生存华屋处，零落归山丘"之句，后来便用"华屋山丘"来寄托死生之感。　②"旧事"句：意思是过去的老朋友多已在丧乱中死去。　③婆娑（suō）：枝叶纷披的样子。　④"青衫"句：等于说"还见青衫读书孙"。青衫，古时未做官的读书人穿的衣服，也常用来指代在学的秀才。读书孙，正在读书的儿孙。

翻译

眼中重看见旧时的华屋，
又记起当年这里的生存；
多想回忆以往的情事，
却无人可以一起说论。
庭中的老树枝叶婆娑，
三百尺巍巍直上高云；
我欣幸还见到青衫顽童，
那是我可爱的读书儿孙。

九日读书山用陶诗"露凄暄风息，气清天旷明"为韵赋（十首选一）

蒙古太宗十一年（1239）夏，蒙古军正准备大举南下攻宋，兵马调动频繁。元好问虽僻处读书山中，仍然受到战尘的骚扰。这使诗人更感到"世网不易逃，所向皆尘泥"（组诗第二首）的苦闷，因而更羡慕陶渊明的超然世外。这一年农历九月九日重阳节，诗人用陶渊明《九日闲居》诗中"露凄暄风息，气清天旷明"（今本《陶渊明集》下句作"气澈天象明"）句为韵，每首分用一字，以该字所在的韵部为韵，写下组诗十首。诗中感慨沧桑，追忆旧事，同时也抒发了"城居厌鼙鼓，移家此幽栖"（组诗第二首）的愿望。这里选的是组诗第一首，用"露"字韵。

其一

行帐适南下①，居人局庭户②。
城中望青山③，一水不易渡④。
今朝川涂静⑤，偶得展衰步。
荡如脱囚拘⑥，广莫开四顾⑦。
半生无根著⑧，筋力疲世故⑨。

大似丁令威， 归来叹墟墓。

乡间丧乱久， 触目异平素⑩。

枌榆虽尚存⑪，岁晏多霜露⑫。

---

①行帐:旅行者的帐篷。这里指代正在进军的蒙古兵。 ②"居人"句:意思是居民为避兵而躲在家里。局,局促,局迫,这里引申有被困之意。 ③青山:指忻州东南的系舟山。 ④一水:指忻州东的牧马河。 ⑤川涂:川原和道路。涂,通"途"。 ⑥荡:形容自由自在的样子。 ⑦广莫:同"广漠",广阔空旷的样子。 ⑧根著:意思是扎根一地,安居不迁移。 ⑨世故:人世间的一切情事。这里特指变故。也可指生计。 ⑩平素:往常,过去。 ⑪枌榆:乡名,汉高祖刘邦的故乡。后人以枌榆作为家乡的代称。枌、榆又是两种树名。诗中用此一语双关,兼有故乡、树木两个意思。 ⑫多霜露:字面意思是说树木在霜露侵袭下已凋残衰败,同时也是暗示故乡经过战乱,已经破败不堪。

翻译

军队的行帐正源源南下，
居民蜷缩在各自的庭户。
在城中远望茫茫的青山，
隔着条河流无法涉渡。

九日读书山用陶诗"露凄暄风息,气清天旷明"为韵赋(十首选一)

今朝,
原野和道路声静尘消,
暂时能展放我衰弱的脚步。
自在地游荡呵,
就如同摆脱了囚禁拘押;
空旷的平川呵,
延展着我那四望的视域。
我漂泊半生,
竟无处扎根安居;
筋疲力尽,
早倦于人世变故。
真像是辽东的仙人丁令威,
归来时只感慨累累坟墓。
故乡的土地战乱已久,
满眼所见不同于平素。
家乡的枌榆虽还苟存,
岁暮天寒,
却早已披满一树霜露。

读书山雪中

　　蒙古太宗十一年(1239)夏天,元好问经济源(在今河南),越过太行山,回到了故乡忻州,闲居于读书山中,生活总算是安定下来了。饱经丧乱之后重得生还,诗人在凄凉忧郁之余,也不免深感庆幸和喜悦。是年冬天他写下此诗,表达了上述喜出望外的心情,也融进了对于未来生活的良好愿望。

前年望归归不得①,去年中途脚无力②。

残生何意有今年,　突兀家山堕眼前③。

东家西家百壶酒,　主人捧觞客长寿④。

先生醉袖挽春回⑤,万落千村满花柳⑥。

山灵为渠也放颠⑦,世界幻入兜罗绵⑧。

似嫌衣锦太寒乞⑨,别作玉屑妆山川⑩。

人言少微照乡井⑪,准备黄云三万顷⑫。

何人办作陈莹中⑬,来与先生共炊饼⑭。

---

①"前年"句:蒙古太宗九年,诗人居住在冠氏县,正积极准备携家返

回故乡。　②"去年"句：太宗十年秋天，诗人一家动身回乡，途经济源时，因旅途过累，便留居该地过冬。因此诗中说"脚无力"。③突兀：忽然之意，也用来形容高耸的样子。这里是兼有这两种意义。家山：家乡的山。泛指家乡。　④觞（shāng）：酒杯。　⑤先生：这里是指诗人自己。醉袖：意思是说酒醉时挥袖起舞，衣袖飘拂，也仿佛喝醉了酒。　⑥落：人群聚居的地方，村落。满花柳：尽是红花绿柳。这里是形容酒醉后眼花目眩时所见的幻景。　⑦山灵：山神。渠：本为第三人称"他"，这里指诗人自己。放颠：纵情放任，表现出颠狂的形态。　⑧兜（dōu）罗绵：就是木棉（佛经中称木棉树为兜罗树）。有时也泛称草木的花絮，如称柳絮、杨花等为兜罗绵。这里是用来比喻雪。　⑨衣锦：穿锦缎衣服。衣，作动词，意为"穿（衣服）"。寒乞：贫困不体面，寒素。　⑩玉屑：美玉的碎屑，这里是比喻雪。　⑪"人言"句：暗含了诗人自比为处士的意思。少微，即少微星，古星名。古时认为少微星照临的地方便有处士隐居，因此又称它为处士星。处士，有才德而隐居不仕的人。乡井，故乡，家乡。　⑫黄云：比喻黄熟的稻麦。　⑬办：准备。陈莹中：陈瓘（guàn），字莹中，号了翁，北宋学者，因与章惇、蔡京等不和，被罢官还乡。　⑭"来与"句：意思是希望大雪之后，明年能获得丰收，吃上陈瓘所说的大炊饼。据说陈瓘贬官后，曾给京中的友人写信说："今年好雪，明年炊饼大耳。"

翻译

自前年便盼着返回家园，

却一直回不了故乡的山川；
去年回家已走到半路，
又腿脚无力再难前行。
这饱经丧乱的余生呵，
哪想到还会有欢乐的今年；
那高耸家乡的山岭呵，
又突然落进了我的眼帘。
东家的邻居呵西家的乡亲，
准备了百壶甜美的醇酒；
故乡的主人高举酒杯，
祝我这归客健康长寿。
我乘着醉意舞袖翩翩，
像是要拉回春天的锦绣；
仿佛见家乡的万落千村，
到处是美丽的红花绿柳。
山神也为我纵情地狂颠，
把世界都化入白蒙蒙的木棉。
仿佛是嫌它呵，
穿着那锦绣还太过寒素；
另磨了玉屑呵，
用心地妆点迷人的山川。
如今，

乡亲们都在纷纷地传说,
少微星正照耀我的乡井;
天公准备着来年的丰收,
黄熟的菽麦三万来顷。
谁人拟做贬官的陈瓘呀,
来跟我同吃大个的炊饼?

西窗

　　从诗意来看,这首诗大约作于元好问中晚年家居读书之时。在那相对闲澹的日子里,诗人在窗前掩书独坐,欣赏着绿树的清阴,倾听着鸟儿的鸣啭,似是惬意恬然;然而,诗人胸中却涌起了无穷的心事。他黯然垂首,追忆那在风雨中、在烽烟里失落的少年欢乐和青春年华。诗中细腻生动地表现了饱经忧患的人常有的孤独感和惆怅感,写来"情韵翩然"(方东树《昭昧詹言》引姚鼐评语)。末句意境甚远,颇似杜牧《登乐游原》"长空澹澹孤鸟没,万古销沉向此中"之意。

西窗鸟声千种好,　树影离离动微风①。
青山满前掩书坐,　欲话怀抱无人同。
花枝不笑绿鬓改②,　尊酒自与黄金空。
少年乐事总消歇③,　落日澹澹天无穷④。

---

①离离:枝叶繁茂浓密的样子。　②绿鬓:黑色的鬓发。　③总:副词,全,都。消歇:消失,休止。　④澹澹:恬静悠然的样子。

翻译

西窗外传来千种鸟声,
声声都那么美好动听;
婆娑的树影繁盛茂密,
轻轻摇动在微微的晚风。
连绵的青山横亘满眼,
我掩书独坐思绪重重;
想要倾诉那平生的怀抱,
却又恨无人与我相同。
俏丽的花枝虽然不笑我黑鬓变白,
杯里的清酒却已和黄金同时耗空。
少年的乐事都已消逝,
如今呵,
只见到落日悠悠,长天无穷……

杏花（二首选一）

本诗作者自注："庚子岁南庵赋。"这首诗写于蒙古太宗十二年（1240），也就是庚子岁。元好问回到故乡，生活已经比较安定，茶余饭后逐渐有了观览自然美景的逸趣。此时，在家乡见到了自己平生最为喜爱的杏花，不禁诗兴勃发，提笔咏唱杏花的娇美情态。小诗写来风情洋溢，文采绚丽，堪称作者诗集中最美的作品之一。这样的情趣韵致，与作者的丧乱诗风格形成了鲜明的对比。南庵，当是指《外家南寺》一诗中提到的寺庙。

其一

芳树春融绛蜡凝①，春风寂寞掩柴荆②。

画眉卢女娇无奈③，龋齿孙娘笑不成④。

已怕宿妆添蝶粉⑤，更堪暖蕊闹蜂声⑥。

一般疏影黄昏月⑦，独爱寒梅恐未平。

①春融：春天温暖的气候。绛蜡：红蜡，这里是比喻杏树的花蕾。②柴荆：杂柴和荆条，这里指用杂树枝编成的门户。　③画眉：用黛（一种青黑色的颜料）来描画眉毛。卢女：就是传说中的古代美女莫

愁。南朝梁武帝在《河中之水歌》中说她出嫁卢家,因此后来又称她为卢女。这里是用来比喻杏花。娇无奈:意思是娇美到了极点。无奈,在这里是没办法、没法子对付的意思。 ④龋齿:蛀牙,牙齿有病而残缺。龋齿笑,就是做出如同牙痛时的那种似笑似咸的特殊媚态。孙娘:东汉人梁冀的妻子孙寿。《后汉书·梁冀传》说她"色美而善为妖态,作愁眉、啼妆、堕马髻、折腰步、龋齿笑,以为媚惑"。在这里也是用来比喻杏花。笑不成:意思是若笑若敛,这里是用来形容杏花含苞待放时的情态。 ⑤宿妆:昨夜残留的妆扮,残妆。蝶粉:蝴蝶翅膀上的鳞粉。 ⑥更堪:等于说"哪堪",意思是"哪里还受得了"。更,意同"岂"。暖蕊:等于说"红蕊"。红色给人以一种温暖的感觉,因此称红色的杏花为暖蕊。 ⑦疏影黄昏月:宋代诗人林逋的《山园小梅》诗中有"疏影横斜水清浅,暗香浮动月黄昏"的名句。后来"疏影""暗香"等语便成为吟咏梅花的典型词语。

翻译

暖融融的春日里花树妖冶,
红蜡般的小花蕾悄悄凝结;
和煦的春风幽情寂寞,
暗暗地掩上隐者的柴门。
它仿佛妙画双眉的卢家少妇,
千娇百媚,无法相比;
又像是故作龋齿笑的孙氏娘子,

若笑若戚,描画不成。
已怕它昨夜的残妆,
被扑上蝴蝶的鳞粉;
又哪堪初露的红蕊,
闹腾着蜜蜂的喧声?
同样是疏影横斜,
怒放在黄昏月色;
骚人却独爱寒梅,
恐怕是未必公平。

雁门道中书所见

雁门关,为内长城的关口,位于今山西代县西北四十里的雁门山上,形势险要,东西两面山峰壁立,南北分别可通忻州盆地和大同盆地。自古以来,这里一直被作为防守中原地区的前线重镇。蒙古太宗十三年(1241),元好问北游应州(今山西应县)等地,归途中过雁门关,看到当地民众生活悲惨、愁绝无助,不由得心情沉重,写下了这首诗歌。

金城留旬浃①,兀兀醉歌舞②。 出门览民风③,惨惨愁肺腑。 去年夏秋旱,七月黍穟吐④。 一昔营幕来⑤,天明但平土。 调度急星火⑥,逋负迫捶楚⑦。 网罗方高悬⑧,乐国果何所⑨。 食禾有百螣⑩,择肉非一虎⑪。 呼天天不闻,感讽复何补⑫。 单衣者谁子,贩粜就南府⑬。 倾身营一饱⑭,岂乐远服贾⑮。 盘盘雁门道,雪涧深以阻⑯。 半岭逢驱车,人牛一何苦。

①金城:应州属县,在今山西应县。旬浃(jiā):整十天。浃,本为遍、透之意。古以干支记日,自甲日至癸日共十日,周而复始,因而称一旬为"浃日",又称"浃旬"。 ②兀兀:昏昏沉沉的样子。 ③民风:民间习俗,人民的生活情况。 ④穟(suì):通"穗"。禾科植物聚生的花实。 ⑤一昔:一夜。昔,通"夕"。营幕:军队的帐篷。这里指张柔等率领的元兵。蒙古太宗十二年秋,下令攻宋。张柔等率兵越雁门关南下,沿途掳掠,并肆意践踏农田,以致该年颗粒无收。 ⑥调度:征调赋税。 ⑦逋负:拖欠赋税。捶楚:用木杖或木板打,指杖刑。 ⑧网罗:本指捕鱼和捕鸟的工具。这里用来比喻捆缚压迫人民的各种制度。 ⑨乐国:意同乐土,安乐的地方。果:副词,究竟。 ⑩螣(tè):食苗叶的青虫。这里用来比喻残害人民的统治者。据《礼记·月令》说,百螣起时,就会发生饥荒。 ⑪择肉:择人而食。择,择取,掠取。 ⑫感讽:指感慨讽谕的诗篇。 ⑬贩籴(dí):贩卖粮食。就:前往,去到。南府:指雁门南方的州府,如太原等。 ⑭倾身:使尽全身力气。 ⑮服贾(gǔ):从事商业买卖。 ⑯以:连词,同"而"。

翻译

在金城逗留了整整十天,
昏昏然沉醉在轻歌曼舞。
出门去观察民间疾苦,

惨惨然愁坏了我的肺腑。
去年的夏秋间虽说天旱,
七月里却还有禾穗轻吐。
谁料想呵,
一夜间军队开来,帐篷满地;
到天亮呵,
只见到农田狼藉,化为平土。
官府的征调急如星火,
稍拖欠便加以木杖捶楚。
密密的罗网正高悬人们头顶,
美好的乐园究竟在何方何处?
吞吃禾苗的,
竟至有百千害虫;
掠食人肉的,岂止是一只猛虎!
呼喊苍天呵,
苍天却不闻不问;
感慨讽喻呵,
诗篇又于事何补?
单衣的远行人究竟是谁?
为买米前去那南方州府。
倾全力只为求一餐饱饭,
哪乐意到远方经商为贾?

就在那盘曲的雁门道上，
积雪的山涧深峻险阻。
半山上遇到赶车的人们，
人和牛该是多么的辛苦！

出都(二首)

都,这里指金国的故都中都燕京,就是今天的北京。自1153年金海陵王完颜亮把都城从上京(今属黑龙江哈尔滨)迁到燕京,至金宣宗贞祐三年(1215)燕京失陷,六十余年间,这里一直是金国的政权中心。蒙古太宗乃马真后二年(1243)秋,元好问应元中书令耶律楚材的儿子耶律铸的招请,北游燕京。故都依旧,而国事已非,诗人追昔感今,心情十分沉重。冬天,他离开燕京,回到忻州后,写下了这两首诗歌。

其一

汉宫曾动伯鸾歌①,事去英雄可奈何②。
但见觚棱上金爵③,岂知荆棘卧铜驼④。
神仙不到秋风客⑤,富贵空悲春梦婆⑥。
行过芦沟重回首⑦,凤城平日五云多⑧。

①伯鸾:东汉扶风平陵人梁鸿,字伯鸾,家贫博学,隐居霸陵山,以耕织为业。后因事进京城洛阳,见宫室华丽,便作《五噫歌》说:"陟彼北邙兮,噫!顾瞻帝京兮,噫!宫阙崔嵬兮,噫!民之劬劳兮,噫!

辽辽未央兮,噫!"抨击朝廷的奢华,同情人民的劳苦。汉章帝听后很不高兴,下令搜捕梁鸿。梁鸿因而改名换姓,跑到山东一带隐居。诗中是借用这一典故来抨击金朝统治者骄奢淫逸,大营宫室而不顾人民疾苦,招致了亡国之祸。 ②"事去"句:意思是说国家已亡,机会已失,已没有挽回的可能了。 ③觚(gū)棱:宫阙上转角处的瓦脊。金爵:就是"金雀",装饰在觚棱上的铜制凤鸟。 ④荆棘卧铜驼:据《晋书·索靖传》记载,索靖遇事有远见,知道天下将乱,指着洛阳宫门前的铜驼说:"将要在荆棘中见到你了。"后来便用荆棘铜驼来形容亡国后的残破景象。铜驼,铜铸的骆驼,古代放置在宫门外,道路两边各有一只,夹道相向。 ⑤"神仙"句:汉武帝迷信神仙之说,终日求仙服药,但也终究不免一死,因此说是"神仙不到秋风客",也就是说成仙长生之事轮不到汉武帝。这里是借用这一典故来哀悼金朝皇帝。秋风客,汉武帝刘彻曾作《秋风辞》,因此后人称他为秋风客。 ⑥春梦婆:据赵德麟《侯鲭录》记载,苏东坡晚年流放海南,曾身背大瓢在田野上行吟,遇一老太婆对他说:"内翰(指苏东坡)昔日富贵,一场春梦。"后人们便把这老太婆称为春梦婆。春梦,比喻人间荣华像春天的梦一样短暂。 ⑦芦沟:就是芦沟桥,横跨北京西南郊的永定河(金代称芦沟河)上,始建于金世宗大定二十九年(1189),成于金章宗明昌二年(1191)。 ⑧凤城:这里指燕京。传说秦穆公的女儿弄玉很会吹箫,箫声引得凤鸟降临京城,因而称秦京城为丹凤城。后来便泛称京都为凤城。五云:五色的云彩,古人认为是祥瑞。也用来指皇帝所在的地方。

出都(二首)

翻译

巍峨的汉宫辉煌壮丽,
曾引发梁鸿的《五噫》之歌;
惨痛的旧事已经过去,
便是那英雄又能如何?
当年,
只看到舳棱上耸起了金雀,
哪知道荆棘中倒卧着铜驼!
如今,
成仙的机缘已经轮不到秋风客,
昔年的富贵徒然悲坏了春梦婆。
我走过芦沟桥头呵,
禁不住频频回首;
这宫城在往日呵,
五彩的祥云缭绕着几多!

其二

历历兴亡败局棋①,登临疑梦复疑非②。
断霞落日天无尽, 老树遗台秋更悲③。
沧海忽惊龙穴露④,广寒犹想凤笙归⑤。

从教尽划琼华了⑥,留在西山尽泪垂⑦。

---

①历历:清晰分明。 ②登临:登山临水。泛指游览风景名胜。 ③遗台:旧时留下的土台。这里是指燕京故城的黄金台。 ④龙穴露:神龙的居住地方也暴露出来了。比喻国家已经覆灭。 ⑤广寒:传说中的月中宫殿,这里也是指琼华岛上的广寒殿。凤笙:就是笙,一种乐器,长四寸,有十二簧,形状像凤,因此称为凤笙。这里是用来指代皇帝的车驾仪仗。 ⑥从教:任随,索性。划(chǎn):削平。琼华:琼华岛,上有广寒殿七间,位于今北京北海公园内。诗人自注:"寿宁宫有琼华岛,绝顶广寒殿近为黄冠辈所撤。"蒙古太祖二十二年(1227),有旨赐琼华岛为道观地,即作者所谓"近为黄冠辈所撤"之事。黄冠,道士戴的束发帽子,也用来指代道士。了:全部,完结。 ⑦西山:在北京西郊,为游览胜地。

翻译

兴亡的世事历历分明,
本已像摆开的败局残棋;
登临时却仍然疑是梦境,
又怀疑这一切似是实非。
残霞凌乱,落日苍凉,
只有那长天无尽;

乔木已老,遗台犹在,
逢秋日更觉伤悲。
沧茫的大海上,
忽然惊骇于龙穴的暴露;
冷凄的广寒殿,
仍然盼望着凤笙的回归。
索性让人们呵,
整个地削平琼华孤岛;
光留着西山呵,
已足够让我伤心泪垂。

洛阳

洛阳,金代称为中京。蒙古军曾于金哀宗天兴元年(1232)三月攻陷这里,肆行杀掠。蒙古太宗乃马真后三年(1244)秋,元好问从燕京回忻州,先到洛阳,有感而作此诗。诗中感慨山河的沦丧,声讨蒙古军的暴行,写来"神气迸发,极近少陵"(高步瀛语)。

千年河岳控喉襟①,一日神州见陆沉②。
已为操琴感衰涕③,更须同辇梦秋衾④。
城头大匠论蒸土⑤,地底中郎待摸金⑥。
拟就天公问翻覆⑦,蒿莱丹碧果何心⑧。

---

①河岳:指黄河和中岳嵩山。洛阳北面是黄河,东面是嵩山。控:扼制,制约。喉襟:咽喉和襟带,形容形势险要的地方。 ②陆沉:比喻国土因祸乱而沦丧。 ③操琴:弹琴。这里是暗用雍门琴的典故。据刘向《说苑·善说》记载,雍门子周为孟尝君田文弹琴,一曲奏罢,孟尝君已欷歔不已,对雍门子周说:"一听先生您弹琴,我便觉得自己像是个国破家亡、失去封地的人了。"后来便用雍门琴来比喻亡国之感或悲伤之情。衰涕:老泪。 ④更须:岂须,哪里需要。

更,意同"岂"。同辇:与君王共乘一辆车子,是得到君王宠信的一种荣耀。同时,这里也是用"同""铜"同音的关系,暗用李贺《还自会稽歌》"台城应教人,秋风梦铜辇"的典故。铜辇,为太子的车饰。据李贺《还自会稽歌》的序说,梁朝庾肩吾曾和太子吟咏唱酬,后来梁朝沦败,庾肩吾先潜到会稽避难,后来才得以回家。诗中用这一典故,抒发亡国遗臣的悲哀。衾(qīn):被子。 ⑤"城头"句:据《晋书·赫连勃勃载记》记载,叱干阿利倾任将作大匠,负责营造都城。他下令蒸土筑城,凡筑城不坚,能用锥子刺入一寸以上的,便杀筑城者。诗中借用这一典故来揭露指斥蒙古军重筑洛阳城时的严酷。大匠,即将作大匠,官名,负责土木营建事务。 ⑥"地底"句:据陈琳《为袁绍檄豫州文》说,曹操曾特地设置发丘中郎将和摸金校尉之职,专干发掘坟墓、盗取陪葬品的勾当来充实军需,以致弄得到处坟墓毁坏,尸骨暴露。诗中借用这一典故来揭露蒙古军掘墓敛财的恶行。⑦翻覆:比喻激烈变动的世事。 ⑧蒿莱:野草,杂草,也用来指野草丛生之地。这里是使动用法。丹碧:丹砂和碧石,古时所用的两种矿物颜料,常用来涂饰宫殿。这里是用来指代宫中的建筑物。

翻译

只说是千年来,

黄河嵩山控扼着洛阳喉襟;

怎料到一旦间,

神州大地眼睁睁骤然沦沉。

我已被雍门的弹琴，
触发了纵横的老泪；
又何须同辇的旧事，
显梦在秋日的薄衾？
城头的将作大匠呵，
只知讲蒸土筑城；
那些发丘中郎将呵，
正准备掘墓盗金。
我想向无情的天公，
问问这天地的翻覆；
让宫殿变成了草丛，
究竟是怎样的用心？

自题《中州集》后（五首选一）

金亡后，元好问慨然以末代史臣自任，致力于金代史料文献的搜集工作，立志完成金史的著述。经过十余年的辛勤劳动，终于在蒙古定宗海迷失后元年(1249)完成了金代诗歌总集《中州集》的编纂。这部诗集选录了217人的作品，以诗传史，开创了断代诗史的先例。它的完成，给诗人晚年的生活带来了极大的安慰。完稿之际，他提笔写下了这一组五首诗歌。其中前四首可说是作者《论诗》绝句三十首的续篇，论述了诗人的诗歌主张以及编辑《中州集》的取材标准。这里选录的第五首，阐明了诗人编纂此书的目的，寄托了诗人对于亡国的哀思。

其五

平世何曾有稗官①，乱来史笔亦烧残②。
百年遗稿天留在③，抱向空山掩泪看④。

---

①平世：天下太平的年代。稗官：小官，后来多用来指搜集史料、采集民谣巷议的小官。　②史笔：历史记载。这里指金朝的国史。亦烧残：暗示金朝的历史多已残缺，因此需要自己编此诗集来保存一

代文献。　③百年:指金朝一代,共一百二十年。遗稿:指金代诗人遗留下来的诗稿。　④空山:杳无人迹的山。这里指读书山。掩泪:意为掩面垂泪。

翻译

在那太平的盛世华年,
哪里曾有采史的稗官;
当此战乱的不幸降临,
史籍也烧得七落八残。
百二年金朝遗下这诗稿,
多亏了天公把它留存;
我把它抱到空寂的山间,
挥洒着泪水逐字细看。

自题《中州集》后(五首选一)

镇州与文举、百一饮

镇州,就是宋时的真定府,治所在今河北正定。蒙古定宗海迷失后元年(1249)夏,元好问来到镇州,筹刻《中州集》。当时,元好问已在镇州获鹿县建起了鹿泉新居,过上了比较安逸闲适的遗民生活。但在诗人的心内,亡国之恨却总难以平静下来。知己相逢,酒酣耳热之际,仍然免不了发一番感慨。这首诗就是诗人与友人白华、王鹗聚饮之时抒发的亡国之痛,读来催人泪下。五、六句尤觉沉痛入骨,充满前朝遗臣绝望的哀伤,以至于清代文人赵翼称它是"感时触事,声泪俱下,千载后犹使读者低徊不能置。盖事关家国,尤易感人"。白华,字文举,曾任金朝枢密院判官,为金哀宗的重要谋臣,后投降蒙古。王鹗,字百一,金末状元,后降蒙古,官至翰林学士。

翁仲遗墟草棘秋①,苍龙双阙记神州②。
只知终老归唐土③,忽漫相看是楚囚④。
日月尽随天北转⑤,古今谁见海西流⑥。
眼中二老风流在⑦,一醉从教万事休。

①翁仲:传说秦朝阮翁仲身长一丈三尺,勇力过人,曾受秦始皇命出征匈奴。阮死后,秦始皇仿照他的身形铸铜像竖在咸阳宫门外。后来便称铜像或墓道石像为翁仲。　②苍龙双阙:指宫城的东门。苍龙,中国古代天文学用苍龙来表示东方的星宿,后来便也用来表示东方。神州:中国,这里指金朝都城汴京。　③唐土:指诗人的故乡山西。周成王时,分封弟弟唐叔虞在今山西地区(就是晋国),因此又称山西为唐土。　④忽漫:忽而,偶然。楚囚:参看本书《梦归》注①。　⑤"日月"句:意思是整个世界都不得不俯首听命于蒙古的强权。　⑥"古今"句:意思是历史无法逆转,灭亡的金朝再也无法恢复。　⑦二老:指白华和王鹗。风流:才情风度。

翻译

废墟里的翁仲,

伴随着荒草野棘寒秋;

让我想起那苍龙双阙,

就在那遥远的故国神州。

原只知终养残年,

盼望回到久别的故土;

忽然间朋友相逢,

仍痛感是那阶下的楚囚。

可叹呵,

镇州与文举、百一饮

日月尽随着天空向北旋转，
古今谁见过大海朝西倒流？
如今，
眼前的两位朋友呵，
旧日的风流依然不减；
且趁此痛饮一醉呵，
任随那万事自去自休！

同儿辈赋未开海棠（二首）

本诗作于元好问晚年之时。这时的诗人隐居乡中，亡国之痛已渐趋和缓，心情也渐趋淡泊，每日只是忙于编史吟诗，闲暇则沉迷于大自然的美景。当他与儿孙们一起观赏蓓蕾未绽的海棠时，深为这煦春的娇色所迷，不由得诗兴勃发，写下这两首吟咏海棠的小诗。

其一

翠叶轻笼豆颗匀①，烟脂浓抹蜡痕新②。
殷勤留著花梢露③，滴下生红可惜春④。

①笼：包裹，笼罩。　②烟脂：就是胭脂。蜡痕：指海棠花蒂。③殷勤：情意恳切深厚。留著：留住。著，通"着"。　④滴下生红：意思是露水滴下时，把海棠花胭脂般的鲜红也溶解了一起带下来。生红，鲜明的红色。

翻译

被绿叶轻巧地包笼，

豆粒般的蓓蕾是那么均匀;
被胭脂浓浓地涂抹,
蜡痕般的花蒂是那么鲜新。
我怀着满腔的情意,
再三要留住花梢的露水;
只怕它滴下花蕾的红艳,
可惜了这片明媚的阳春。

其二

枝间新绿一重重, 小蕾深藏数点红。
爱惜芳心莫轻吐[①], 且教桃李闹春风。

[①]芳心:鲜艳芳香的花蕊。

翻译

海棠枝间,
新绽的绿叶一重一重;
小小的蓓蕾,
深藏在叶里数点鲜红。
它爱惜自己的高洁芳心,

不轻易向人吐露；
暂且让应时的桃花李蕊，
闹腾在煦煦春风。

同儿辈赋未开海棠（二首）

客意

  蒙古定宗海迷失后二年(1250)秋,元好问到河北顺天(今河北保定)张柔家里做客,初冬还乡时,在途中写下了这首小诗。诗意明白如话,表现了诗人对家人的深情。

雪屋灯青客枕孤,眼中了了见归途①。

山间儿女应相望,十月初旬得到无。

①了了:清清楚楚。

翻译

雪压旅舍,油灯青荧,

客子凄凉,旅枕单孤;

圆睁的双眼毫无睡意,

清楚地现出归家的程途。

读书山里的儿女呵,

应是在想望我的归去:
"初冬十月的上旬呵,
久别的父亲可能到屋?"

壬子寒食

壬子,这里指蒙古宪宗二年(1252),其时六十三岁的元好问在真定(今河北正定)的鹿泉新居与家人共度寒食节。看着儿孙们活泼嬉戏,诗人心中感到了极大的快慰。诗中表现的轻快欢欣的情调,在诗人的诗作中实在不多见。

儿女青红笑语哗①,秋千环索响呕哑②。
今年好个明寒食③,五树来禽恰放花④。

---

①青红:青衿红裙。　②呕哑(ōu yā):器物相轧磨而发出的响声。　③明:在这里是美好、美满的意思。寒食:节令名,在农历清明前一日或前二日。古人从这一天起,三天不生火做饭,只吃事先预备的冷食,所以叫寒食节。　④五树:五棵。来禽:果树名,就是林檎(qín),春末开花,色白有红晕,果实叫沙果。因为它的果实味美,易招来禽鸟,因此叫做来禽。

翻译

　　天真的儿女们穿青戴红,
　　蹦跳着玩耍笑语喧哗;
　　竞相把秋千高高荡起,
　　架上的环索响声呕哑。
　　今年好一个快活的寒食,
　　五棵来禽也正放繁花。

留赠丹阳王炼师(三首选一)

本诗作于蒙古宪宗三年(1253)。这时,离金国的灭亡已经二十年了,六十四岁的元好问长期闲居乡中,埋头书案,已逐渐失去了青壮年时的锐气,心情趋于恬淡平和。因此他晚年的诗歌,颇有些应酬之作,无甚深意。但是,诗人毕竟曾遭逢乱世,饱经忧患,因此,即便在应酬之作中,诗人的故国之思、亡国之痛也时时喷涌而出。本诗便是其中之一。诗中表现的沧桑之慨虽不似中年之时慷慨激昂、锋芒毕露,而显得比较深沉含蓄,但细读之下,却仍感到一股催人泪下的艺术力量。丹阳,古郡名,治所在今安徽宣城。炼师,古代对炼丹方士的尊称,此指道士。

其二

烂醉玄都有旧期①,百年人事不胜悲②。
桃花一簇开无主③,留看东风与兔葵④。

---

①玄都:唐代长安的寺观名。据刘禹锡《再游玄都观》诗的引言说,玄都观中原来遍是桃树,花开时,"满观如红霞";十四年后,刘"重游

玄都",却已经"荡然无复一树",只有兔葵和燕麦在春风中轻摇。这里暗用这一典故,来寄托兴亡盛衰的感慨。旧期:旧约,以前的约定。期,约定,约请。　②百年人事:指金朝从兴起到灭亡百余年中世事的变迁。　③"桃花"句:这里是借无主的桃花来寄托亡国的感慨。　④"留看"句:意思是这一簇无主的桃花已成为世事变迁、家国兴亡的见证。兔葵,即菟(tù)葵,一种野草,常生在荒僻之处。

翻译

烂醉在玄都观里,

来赴旧日的约定;

百年间却见沧桑巨变,

世事令人不胜伤悲。

只剩下桃花一簇寂寞无主,

凄然地绽放它的妩媚;

就像是天公有意留着,

让它来看东风中的菟葵。

留赠丹阳王炼师(三首选一)

中华文史名著精选精译精注（全民阅读版）
已出书目

书　名	导读人	审阅人
贾谊集	徐超、王洲明	安平秋
司马相如集	费振刚、仇仲谦	安平秋
张衡集	张在义、张玉春、韩格平	刘仁清
三曹集	殷义祥	刘仁清
诸葛亮集	袁钟仁	董治安
阮籍集	倪其心	刘仁清
嵇康集	武秀成	倪其心
陶渊明集	谢先俊、王勋敏	平慧善
谢灵运鲍照集	刘心明	周勋初
庾信集	许逸民	安平秋
陈子昂集	王岚	周勋初、倪其心
孟浩然集	邓安生、孙佩君	马樟根
王维集	邓安生等	倪其心
高适岑参集	谢楚发	黄永年
李白集	詹锳等	章培恒
杜甫集	倪其心、吴鸥	黄永年
元稹白居易集	吴大逵、马秀娟	宗福邦
刘禹锡集	梁守中	倪其心
韩愈集	黄永年	李国祥
柳宗元集	王松龄、杨立扬	周勋初
李贺集	冯浩菲、徐传武	刘仁清
杜牧集	吴鸥	黄永年

续表

书　名	导读人	审阅人
李商隐集	陈永正	倪其心
欧阳修集	林冠群、周济夫	曾枣庄
曾巩集	祝尚书	曾枣庄
王安石集	马秀娟	刘烈茂、宗福邦
二程集	郭齐	曾枣庄
苏轼集	曾枣庄、曾弢	章培恒
黄庭坚集	朱安群等	倪其心
李清照集	平慧善	马樟根
陆游集	张永鑫、刘桂秋	黄葵
范成大杨万里集	朱德才、杨燕	董治安
朱熹集	黄珅	曾枣庄
辛弃疾集	杨忠	刘烈茂
文天祥集	邓碧清	曾枣庄
元好问集	郑力民	宗福邦
关汉卿集	黄仕忠	刘烈茂
萨都剌集	龙德寿	曾枣庄
王阳明集	吴格	章培恒
徐渭集	傅杰	许嘉璐、刘仁清
李贽集	陈蔚松、顾志华	李国祥、曾枣庄
公安三袁集	任巧珍	董治安
吴伟业集	黄永年、马雪芹	安平秋
黄宗羲集	平慧善、卢敦基	马樟根
顾炎武集	李永祜、郭成韬	刘烈茂
王士禛集	王小舒、陈广澧	黄永年
方苞姚鼐集	杨荣祥	安平秋
袁枚集	李灵年、李泽平	倪其心
龚自珍集	朱邦蔚、关道雄	周勋初